AF393069

Todas Nosotras

Inspirado en mujeres reales y valientes

Celeste Busso

I.S.B.N.: 978-956-12-3295-2.

1ª edición: noviembre de 2018.

Editoras generales:
María Adela Blas
María Carolina Li Gambi

Diseño:
Juan Manuel Neira Lorca.

ÍNDICE

CAPÍTULO 1

La borrachera del sueño no la dejaba tomar conciencia del espacio ni del tiempo. Se agitaba entre las sábanas blancas y estiraba sus manos largas para anclar el cuerpo y la mente en algún lugar. La luz brillante que invadía la habitación le lastimaba los ojos verde profundo al querer abrirlos para superar la confusión. Otras veces se había levantado y realizado una serie de cosas sin siquiera ser consciente de ello, temió incluso ser parte del ínfimo porcentaje estadístico de personas que habían asesinado a otros en este estado de duermevela. Esa posibilidad la mataba tanto como saber que su despertar confuso se debía a un dormir agitado, traumático. Atravesada la fase de desesperado caos, su respiración se tornó más pausada y Cecilia notó que estaban en su típico departamento, que era domingo y había un sol tibio que prometía otro día agradable, los últimos regalos de la primavera que ya anunciaba el verano. La joven se calzó su bata de algodón y al ajustar el cinturón se marcó una pequeña cintura, casi como de juguete. Su pelo, largo y almendrado, esperaba pacientemente en una cola improvisada mientras ella se lavaba los dientes.

Su madre ya tomaba café y leía el diario cuando ella llegó a la cocina. Al verla, Eugenia untó un pan amasado con manteca y lo dejó en el plato junto con un jugo fresco de naranja. Los domingos el desayuno era más rico, más tranquilo, no había apuros y se prestaba para conversaciones largas y amenas, algunas veces sobre temas profundos, existenciales y otras veces sobre el último modelo de zapatos o la colección de tal o cual diseñador. La joven estudiante de periodismo respiró hondo y disfrutó la confirmación de la realidad que vivía, el sol que filtrado por los visillos iluminaba el amplísimo comedor la reconfortó y le hizo olvidar por qué diablos se había levantado a las ocho de la mañana un domingo.

—Te despertaste temprano, no pensé que ibas a desayunar conmigo.

—Sí, tengo que ir a mi práctica del taller de televisión. Hoy nos mandan a entrevistar en la marcha por la ley contra la violencia animal.

—¿Te interesa?

—Un poco, esperaba que me tocara un evento con algo más de acción para mi práctica, no sé, una marcha estudiantil, un paro de camioneros, que sé yo.

—Por algo se empieza.

—Sí, sé. Estoy en tercero, no puedo pretender todo de golpe, ya me va a llegar mi momento al mejor estilo CNN.

—Mi nena, te tengo una noticia.

—Te conseguiste un novio.

—¿Cómo adivinaste? Viste, después de todo. Con mis cuarenta y algunos y esta nariz con carácter, como decía tu abuela, me conseguí un novio.

—¡Me muero de curiosidad! ¡¡¡Contámelo todo ya!!!, dónde te lo encontraste, cómo es, cuánto hace que salen. Ahhh.

La noticia era un shot de felicidad para Cecilia, su madre que tanto se lo merecía ahora tendría alguien con quien compartir, disfrutar de su juventud. Estaba emocionada y quería saberlo todo.

—Bueno, la verdad se podría decir que es un viejo conocido, de toda la vida— habló fuerte Eugenia caminando hacia la cocina para buscar algo de jamón.

—Pero, ¡¿cómo!? ¿Un redescubrimiento?— le saltaban las chispas de los ojos, esta historia sería suculenta y su curiosidad de futura periodista le hacía acelerar el corazón.

—Hace unos meses nos reencontramos en la fiesta de cumpleaños del Toto, y copa va copa viene, quedamos en vernos de nuevo y la verdad no hemos parado de salir, viajes de fin de semana, cine, cenas románticas— hablaba suspirando, volvía a los 15 años.

—Decí quién es, ¡¿por qué tanto suspenso!?

—Bueno, la verdad… no sabía bien si contarte o no, pero esta persona quiere que vivamos juntos y yo quiero vivir con él, obvio que no acá. Estamos buscando un departamento por acá cerca igual, es que no quiero extrañarte tanto.

—¡No des más vueltas mamá!

—Bueno, esa persona que me tiene así es Gerardo, tu papá.

Cecilia sintió que se le caía el edificio entero en los hombros, o quizás como si por arte de encantamiento se quedara congelada mientras los ojos se le desorbitaban abriéndose cada instante un poco más hasta llegar al punto de estallido. La cabeza le daba vueltas como si estuviese entrando en una pesadilla y sus sentimientos eran un torbellino sin curso en el cuerpo entero.

—¿Estás segura? Digo, ¿te sentís feliz con él?— articuló conteniendo las lágrimas.

—Sí, entiendo tu reacción, pero estos meses he sentido que la gente puede madurar, y ya han pasado diez años.

—Claro, me alegro por vos mamita querida— dejó salir esas palabras y sintió correr por dentro el dolor del que se siente traicionado, abandonado — mirá lo tarde que se me hizo, me voy antes que me bajen la nota porque, no sé si te conté, pero la puntualidad también la cuenta el viejo chanta ese del taller.

—Andá no más nena, de ahí seguimos la charla— dijo Eugenia con alivio por un lado, pero también con dudas sobre cómo su hija se estaba tomando la situación.

Se despidió brevemente, expresando su felicidad de nuevo y salió a jugar a que era periodista por un día. Agarró las escaleras del edificio ochentero con más decisión que de costumbre, bajaba cada escalón de los tres pisos descargando la impotencia y la tristeza a través la suela de sus zapatillas de lona. Al llegar a la planta baja chequeó su aspecto en el espejo del palier, los ojos verdes eran más claros bajo el prisma de las lágrimas; pero consideró que estaba aceptable y su cara de orto podría deberse a lo temprano a que era o a una resaca dominguera.

A los once años, Cecilia había visto una película donde hablaban mucho de "hacer el amor", en su mente de niña estuvo varios días tratando de dilucidar qué se hacía cuando se "hacía el amor". Finalmente, llegó a la conclusión de que era hacer una pared de ladrillos junto con alguna persona que uno amara mucho. Luego de aquella noche fatídica, durante el proceso de reconstrucción de sus vidas, la suya y la de su madre, ella siempre sintió que "hacían el amor". Incluso conservó la metáfora al crecer y enterarse de qué significaba realmente esa expresión. Pero ahora, este anuncio de regreso sin explicación la transportó frente al muro que construyeran a lo largo de los últimos diez años y la hizo presenciar cómo se derrumbaba, lenta y dolorosamente al ritmo de las palabras de su madre: "…es Gerardo, es tu padre".

CAPÍTULO 2

Entró en la biblioteca de la universidad rogando que no estuviera de turno don Tadeo, porque ese viejo de las cámaras sí que era jodido. Que mijita cuidado con el cable no sé cuanto, no me pierda el pitutito de la entrada H1, fíjese que no se le arruine el logo de la universidad que lleva el micrófono y no me mire con esa cara que después al que reta el jefe soy yo, usted no lo ve ni de lejos. Por un lado, tenía razón el dinosaurio, como le decían entre ellos, porque si algo salía mal era su culpa; pero, ¿tenía que ser tan pesado todas las veces que le hablaban?, ¿era necesario?

Obvio que Lalo y Fanny llegaron tarde, así que se lo mamó ella con la mejor cara de nada que pudo. Firmó y retiró la cámara con los cables y el micrófono dichoso con el logo de la universidad. Al lado de la puerta de retiro había un banco de esos viejos, de los que solo existen todavía en las plazas antiguas, donde se acomodó Cecilia para asentar el trasero al mismo tiempo que las ideas. Su mamá volvía con su papá, con el señor que la destrozó física y emocionalmente durante años. Ahora como si nada ella volvía, así enamorada, quinceañera. Su mente combativa no podía encajar las piezas, para ella existían errores que no se perdonaban, acciones inaceptables, era una de las cualidades personales de las que la futura periodista más se ufanaba: no soy panqueque. Sentía que su mamá la traicionaba, que traicionaba todo lo que habían construido juntas durante años, ellas eran el "dúo dinámico". Pero sobre todo sentía que su madre se había traicionado a sí misma.

Y encima esta nota del orto que le toca "los derechos de los animales", qué mariconada les había hecho el profe de taller, una nota sin relevancia y más encima a pleno domingo. "Como periodistas les va a tocar muchas veces, la mayoría, por no decir todas, cubrir eventos que no les interesan o bien que no revisten mayor importancia para el discurrir nacional; pero de eso se trata su profesión: encuentren algo interesante allí donde estén".

Un WhatsApp (WP) la sacó de sus reflexiones. La tía Tuti que siempre pedía cosas imposibles, onda vos que vivís en la capital conseguime el último DVD de Juan Gabriel, ese que es del concierto que sale cuando se cayó. Nunca le había podido hacer entender que ese era un video de internet y que no venía en el formato que ella pedía. Ahora le rogaba que fuera a quedarse en su casa del campo por un mes entero, más encima enero, porque la cuidadora se había enfermado a última hora y si no dejaba la casa con gente prefería suspender el crucero al Caribe con "las chicas". Para ella dejar la casa sola no era una opción. Todo eso en un solo mensaje, inicio y despedida, todo junto. Le encantaba escribir testamentos a la señora. Lamentablemente, no era el mejor momento para escribirle a su única y por ende preferida sobrina, por toda respuesta obtuvo un "Dale, lo pienso y te aviso".

La marcha tenía una onda domingo en el parque impresionante, mucho papá con chiquitos en los hombros, mujeres con cantimploras y a cara descubierta. No encontró encapuchados, ni mochilas con sospecha de contener molotovs o limón para combatir los gases lacrimógenos. Encima de toda la paz y el amor, cada vez que Fanny se acercaba a alguien la veían tan chiquita y flaquita que no le querían dar notas porque pesaban que estaba jugando. Ante la desesperación de no llegar a conseguir las tres cuñas que pedía el profesor, cambiaron de estrategia y comenzaron a explicar a los manifestantes las razones de la nota. En la mayoría de los casos fue peor, "no molesten" era la respuesta o "no quiero responder preguntas". Solo algunos se apiadaron de su condición, pero las grabaciones no eran buenas, tenían la sensación de que el profe se las iba a tirar por la cabeza.

En medio de la multitud, hay que reconocer que los animalitos convocan, se toparon con la columna de periodistas. Comprobaron que no eran los únicos clavados, también a los profesionales les pasaba. Ellos, por su lado, les vieron las caras de novatos, de estudiantes con ganas de aventuras y aprovecharon la oportunidad.

—¿Cómo les va chicos?

—Bien y ¿ustedes?— respondió Cecilia con tono de admiración.

—Acá tomando testimonios y de ahí para el zoológico— dijo el periodista con credencial de canal privado.

—¿Qué hay en el zoo?— indagó la chica como le había enseñado su profesor.

—Parece que un grupo más radical va a intentar liberar a los monos— concluyó el periodista con total naturalidad, como si hubiera dicho que se iban a tomar unos jugos al frente de la jaula.

Los tres estudiantes tenían palpitaciones, querían salir corriendo para el zoológico; pero, mantenían la calma por dignidad, por no parecer niños desesperados frente a un dulce. Sin embargo, apenas los tres corresponsales se dieron vuelta enfilaron derecho al auto de Lalo, un Fiat 147 modelo '86 de lustroso color crema. La conversación estaba llena de emoción, esto era lo que esperaban. Una noticia real se les presentaba y no la iban a desaprovechar.

Llegaron al zoo completamente extasiados, sabían que la manifestación terminaba a las doce y eran las doce. Entonces, los disturbios no tardarían en comenzar. Montaron su puesto de guardia en un negocio de jugos al lado de la jaula de los loros y justo frente a la de los monos. Organizaron cuidadosamente todo el equipo y planearon cómo se abalanzarían a la turba descontrolada. Dentro del plan se contempló que Lalo fuera el entrevistador, ya que sería el que tendría fuerzas para empujar a la multitud con su casi 1,80 y 95 kilos; mientras las chicas, que eran mucho más menudas, podían encaramarse en cualquier lado para filmar y obtener buenas tomas. La expectativa crecía a medida que los minutos pasaban, miraban atentos hacia cada rincón buscando el inicio de la liberación de los monos; pero nada. Fanny fumaba como murciélago y Lalo trajo jugos para todos, él era el que más lo necesitaba para pasar la resaca del sábado a la noche.

—No llegan Ceci, te dije que no perdiéramos tiempo— reclamó Fanny que empezaba a cansarse después de una hora completa de guardia.

—Dejá de joder Fanny y tené paciencia, estos tipos tienen buenas fuentes.

—No sé, a mí más me parece que se cagaron de risa de nosotros, llevamos una hora acá y no pasa nada sospechoso, ni siquiera una pancarta Ceci— intervino Lalo con las manos en la boca para no delatar tanto el tufo a ron de la noche anterior.

—Bueno como quieran, si les parece nos vamos. Pero les digo, vamos a perder la gran oportunidad de una nota real y de dejar con la boca abierta al insoportable de taller.

—Quince minutos más, odio las guardias— decretó la flacuchenta Fanny, acomodándose el pelo de puntas rosadas y raíces negras.

Los quince minutos pasaron demasiado rápido para Cecilia, que todavía tenía esperanzas, que creía ciegamente en esos tres hombres que la hicieron sentir como colega. Nada. Segunda desilusión en el mismo día. Sin creerlo siguió a sus compañeros con la cabeza baja.

—Bueno, ya está, vamos a tomar una cervecita por ahí y comemos algo. Yo las invito, chicas lindas— dijo Lalo.

Al filo de la resignación cruzaba las puertas del zoológico la estudiante cuando vio pasar lentamente a los tres periodistas en un Charade viejo con el cartel de PRENSA. Observó cada uno de sus rasgos riendo a carcajadas, uno de ellos incluso se agarraba la panza, no podían más de la risa. Se hicieron el domingo con esta novatada y todavía no podían creer que fueran tan tontos como para caer.

—Ceci, te perdonamos— dijo Fanny mientras le daba unas palmaditas en la espalda.

—Andate a la mierda— breve y concisa, como buena periodista, respondía desde lo más profundo de su sentimiento de fracaso. El olfato para la noticia, del cual se había jactado los últimos tres años, no le funcionaba, no lo tenía, a decir verdad. Esta era la primera oportunidad que se le había presentado de usarlo y evidentemente había sido un fiasco.

Ahora necesitaba la cerveza que les invitaba Lalo, quizá incluso necesitaba algo más fuerte.

En el medio de su bronca se le cruzaba algo que cada vez la crispaba más, la notificación del WP. Le molestaba esta red social, pensaba que como no le escuchamos la voz a la otra persona ni vemos su expresión, el engaño es moneda corriente; por otro lado, dadas las mismas razones, el ser inoportuno no era para nada raro. Como la tía Tuti, que seguía mandando mensajes en el medio de su crisis:

"Chiqui linda, porfa necesito que me digas hoy si te venís o no para el campo, ¿ya lo pensaste? Besos".

Con el caminar algo inestable, en ese punto en el que no se está borracho pero tampoco sobrio, cuando nos sentimos sueltos respirando esa libertad semiconsciente de nuestro loco inconsciente, ahí afloró en ella toda la tristeza del día, las cervezas fueron la dinamita que derribó el muro de contención en el dique de su mente. Los ríos salados no tardaron en correrle por la cara. El camino a casa pasó de una carrera para liberar la adrenalina de la furia a un andar pesado, arrastrando los pies en el lodo de la decepción. Tristeza por la madre que se mete de vuelta en las patas de los caballos, tristeza por ella que ese día había chocado con la realidad de su nula sabiduría periodística, quizás incluso con sus ganas de ser otra cosa, de no andar preguntándole a la gente por información que ellos no tienen ganas de dar, de no escribir lo que le dicta el editor de algún medio, de no investigar, de bajar los brazos y cambiar de carrera.

Y otra vez ese sonidito pedorro del WP: "Y? Te olvidaste de mi propuesta? Venís o no?" Ay, tía Tuti, siempre tan persistente.

—Y sabés qué, se va todo a la remismísima mierda, yo me tomo el palo a lo de la tía Tuti y que se hagan agua los helados— gritó a la nada, como peleando con las hamacas del parque que justo estaba atravesando. Cortito le respondió a su tía, "Sí voy".

CAPÍTULO 3

Había aprobado todas las materias, incluso el taller de entrevistas del profesor de mierda, y ahora salía del colectivo a punto de convertirse en la cuidadora de verano de la casa de la tía Tuti. Detrás del último escalón que bajó se cerró la puerta y el colectivo avanzó, se perdió en la ruta sin ella. Todavía estaba en modo ciudad así que le pareció normal buscar un taxi, no lo encontró a primera vista y decidió caminar de frente entre el polvo que se le metía en la zapatillas blancas y le iba invadiendo los tobillos, días después entendería que ese era el significado de la palabra "piñén". Por ahora, esquivaba las bassias scoparia (o yuyos voladores) sorprendida y angustiada de saberse protagonista de una realidad que creyó exiliada a las películas del lejano oeste que veía de chica con el abuelo.

Al cabo de tres cuadras desoladas por la siesta entendió que no había taxis o por lo menos no a esa hora tan sagrada para la gente de los pueblos pequeños y calurosos, como parecía ser este. El cordón de la vereda le quemó el culo porque los jeans eran finitos, así de incómoda llamó a la tía Tuti.

—Vení a buscarme, estoy en la parada y no hay taxis.

—¡Ay! Mijita linda, se me había olvidado, acá no hay taxis así por las calles. Te voy a buscar en seguida.

—Dale, que me estoy derritiendo.

Desde abajo, mientras esperaba a la tía, observaba detenidamente el lugar donde pasaría el próximo mes. Se acordó de Macondo cuando se fueron las compañías bananeras, no había nadie mejor que el Gabo para describir lugares, para cronicar las noticias, para encontrar la historia detrás de la historia, el detalle. No sería como él, no tenía ese olfato de sabueso. Ella era un personaje dentro de la historia, no su creadora. Ella tenía la pena del fin de fiesta dentro del corazón, era ese Macondo desolado y polvoriento, estaba parada en este pueblo desierto que le daba la bienvenida con un calor que le saturaba los sesos y le quemaba el culo.

—Subite nena, estás colorada como un tomate.

—Menos mal que llegaste, casi me pego la vuelta— y vino el abrazo de rigor, los cuánto hace que no nos vemos, menos mal que ahora con el celular estamos más cerca, pero qué linda estás, y gracias tía, contame del viaje, qué bueno que pensaste en mí para cuidarte la casa.

—Bueno te voy explicando para ganar tiempo, porque en un par de horas tengo que salir para el aeropuerto. Mira justo acá estamos pasando al frente del súper, mañana te venís a abastecer porque no hay nada de nada o muy poco de todo, como lo quieras ver vos. En el patio están los perros, pero duermen adentro y tenés que dejarles la puerta un poquito abierta para que salgan cada tanto a hacer pis. El gato es más independiente, pero tenés que darle de comer tres veces al día y vigilar que no se coma al Dorito, mi pez, que le tenés que dar de comer una pizquita de alimento a la mañana y los domingos hace dieta, o sea no le das nada. ¿Tuviste mascota alguna vez? ¿Me seguís?

—Sí tía, igual creo que llegando a la casa tendría que anotar esos detalles— dijo para no decir que en verdad se había entretenido contando los postes de la luz y viendo a los viejos en sus reposeras que desde los porches fresquitos miraban la gente pasar.

—Sí, te estoy dejando un cuadernito con toda la información.

—¡Ah! Gracias, siempre tan organizada tía.

—Si uno no se organiza, es tan difícil vivir, qué es de tu mamá nena, tan ingrata mi prima que no viene nunca.

—Y mi mamá laburando como siempre y ahora…— se quedó callada, su madre no había especificado si la nueva relación era off de record o una primicia a publicar en portada.— Ahora parece que está noviando, pero no me quiere contar más detalles.

—¡Qué alegría! Siempre dije yo que la Euge tenía que rehacer su vida después de lo mal que lo pasó con tu papá, y perdón que hable así de tu padre mijita, pero no me puedo reprimir, vos sabés como soy yo.

—Está bien tía, si yo también estoy contenta— se guardó lo que pensaba, tendría todo el mes para masticarlo y programar un comunicado de prensa estándar dirigido a todos los curiosos.

Apenas entraron a la casa llegaron todas las mascotas a saludar, parecía Noé entrando al arca la tía Tuti. El barniz otorgaba un brillo persistente, por decir lo menos; sin embargo, favorecía la veta de la madera y hacía resaltar la casa construida en pino Oregón. Cecilia notó al instante la soledad y el aburrimiento de su tía en las grandes cantidades de carpetas hechas a crochet que adornaban la mesa del comedor, las mesitas auxiliares del living y las alfombras de tapiz bordadas a mano. Se le apretó el corazón, no se le ocurrió que tal vez la señora lo pasaba bien mientras tejía o bordaba, sino que vio en la decoración de la casa todas las horas de ocio y soledad, y se sintió culpable.

Menos mal que Teresa de la Trinidad, Tuti, le había anotado todo en un cuadernito porque la estudiante no registró ni la mitad, se perdía en los círculos de macramé (a los que actualmente insisten en llamar mandalas), en los colores de las alfombras, en los veladores con pantallas gigantes y en las tacitas de cerámica y, se perdía en la nada, en la vez que de pequeña no entendió por qué su padre rompía sistemáticamente más de diez tacitas de porcelana que su mamá amaba, y ella no hacía nada, lo miraba con los ojos brillosos ovillada en la silla del comedor de diario.

Lo que más recalcó la dueña de casa era que en la despensa reinaban las arañas, que fuera cuanto antes al supermercado. Besitos chau.

Ya sola en la casa, se instaló en la pieza de la tía, que era la que tenía tele y le mandó un WP a su mamá, era necesario reportarse. Cuando las tripas le avisaron que tenía que alimentarse, agarró la plata que le dejó la tía y partió al reconocimiento de terreno.

Así como las ciudades del mundo parecen moverse sincronizadas por la rapidez, vestidas por las dictaduras de los centro comerciales y los edificios espejados; así los pueblos tienen en común el ritmo suave de las horas del sol y las ropas hechas a mano por alguna señora que sobrevivió al negocio chino que se instaló a la vuelta de la esquina. Cuando Cecilia salió a recorrer eran las cuatro de la tarde, y aún el rigor de la siesta hacía que lo único abierto fuera el supermercado de cadena que había llegado recientemente, a juzgar por la pintura del cartel y el tamaño de las ofertas.

Justo al frente del súper, sin importarle ser desintegrada por el sol se movía graciosamente una payasa cincuentona. Parecía un espejismo del desierto esta mujer con nariz roja y remera de mangas abombadas que estallaban en tréboles de cuatro hojas y corazones intensamente rojos. Los miles de trapos atados que formaban la falda dibujaban ondas y le servían de ventilador para amortiguar la temperatura de los cancanes rayados que llevaba. Las manos de la payasa indicaban graciosamente hacia un pizarrón que prometía cañas de vino y almuerzos baratos en la pensión y comedor "El ranchito". Entrar era difícil, pero el hambre te empuja muchas veces a hacer cosas impensadas y si a ello le sumamos la curiosidad por tremenda anfitriona, no se dijo más.

Cruzada la puerta se tuvo que acostumbrar a una especie de penumbra polvorienta mezclada con luces de tubo fluorescente y un pesado olor a vino flotando. Quizás no era un ambiente distinto al de una picada cualquiera del interior del país, o un bolichín de pueblo que ofrece comida al paso para los que atraviesan la zona sin pena ni gloria, pero para ella los olores y el escenario eran completamente nuevos. Una bofetada a la niña citadina que por un microsegundo quedó paralizada por la nula concurrencia y lo vapores de caldos suculentos que se percibían en el aire, era un bar fantasma, tierra de nadie.

Al verla entrar, se fue a acomodar rápidamente del otro lado de la barra, pues ella era la reina, con sus labios rojos y un brushing perfecto para la media melena colorada. Quizás el instinto maternal de alguien que no ha tenido hijos, o la cara de desazón de Cecilia, o la solidaridad de género la hicieron desprenderse un poco del personaje de clown y convertirse en la madrina de la niña. La Charo instaló a la niña en la mejor mesa que tenía, la que estaba más cerquita del ventilador.

Las uñas que esa semana eran de color rosa perlado volvieron a su labor detrás de la barra, contar billetes, escribir boletas y armar los pedidos. Pero Charito no se olvidó de su ahijada, terminados sus quehaceres, agarró su revista de cabecera y enfiló derecho para la mesa donde comía Cecilia.

—¿Me puedo sentar acá?— dijo Charo con su voz que una vez fue aguda, pero que el cigarrillo se había encargado de mutar.

—Sí, claro— cualquier compañía era bienvenida, ahora que no solo tenía miedo de su carrera, miedo del futuro de su madre, sino que también tenía miedo de su próximo mes encerrada en este pueblo a primeras vistas extraño para ella, que estaba acostumbrada a la ciudad, al ruido, a la normalidad de los colectivos y el subte.

—¿Qué hace alguien tan joven perdida en este pueblo en el verano?— esta mujer quería ser periodista y no pudo, se dijo para sí Cecilia al oír las palabras tan al grano de la extraña.

— Cuido la casa de Tuti, mi tía, que salió de viaje.

—Sí, me comentaron por ahí que se iba al Caribe. Pero vos viniste por otra cosa, o algo te dejaste en tu ciudá, porque venís de la ciudá, ¿no?

—Sí, vengo de la capital…— Se frenó por un instante, esta mujer era diez veces más periodista que ella, y se veía que jamás había pisado una universidad. Un lado de ella le decía que se cerrara, que no estaba bien hablar así a un desconocido; por otra parte, ponerle play a su melodrama actual se hacía más necesario que guardar la discreción, vomitarlo todo, sacarlo de su cabeza y hacerlo real, nombrarlo.— Quería descansar de la ciudad, frenar un poco, la facultad este año me dejó agotada, y no hay como un tiempo sola, sin la familia.— Espetó suavecito, soltando la cuerda tensa del arco para dejar que la flecha comenzara una trayectoria imparable.

—Despejarse, cambiar de aire es bueno, yo la verdá hace mil años que no salgo de acá adentro. Pero vos te fuiste porque estás triste, esa cara que traé no engaña a nadie.

La flacucha estudiante terminó de descolocarse, ella creía que había aprendido hace tiempo a dominarse. Quizás no había llegado la persona que supiera sacarle la ficha, porque esta mujer en menos de una hora la entendió mejor que su madre, que ni siquiera advirtió sus sentimientos, o si lo hizo se quedó callada; mejor que sus amigos, a los que les ocultó todo el drama. Charo sabía más sobre ella que todos sus seres queridos.

Rosario, Charo como le decían todos, ya había visto muchas caras desde su trono en el bar de la familia, nada la engañaba, y menos esta mocosa tiernita, recién salidita del cascarón. Le gustaba ayudar, no podía evitar involucrarse, meterse hasta la médula para sacar una sonrisa. Notó el silencio, supo que la había descolocado con su pregunta y se dijo que mejor le entraba por otro lado.

—¿En qué año naciste? Sos jovencita vos. Te pregunto porque soy buena para el horóscopo chino— tiró así como para ablandar el asunto, sin esperar respuesta de su anterior pregunta.

—En el 95, soy del siglo pasado— logró volver en sí Cecilia, para dar su año de nacimiento.

—Ah, sos perro. Mirá, justo ando con la revista esta del horóscopo chino, ¿te leo tu personalidad?— ofreció con una sonrisa cálida Charito.

—Dale.

—Los perros tienen su propio código de honestidad y moralidad, son extremadamente sinceros, confiables, disciplinados y muy buenos amigos. Es quizás el signo que se caracteriza más por su fidelidad y sentido de justicia, cosa que a veces los vuelve estrictos en su forma de pensar, enfocándose únicamente en su punto de vista, lo que por momentos los hace tercos trayendo dificultades a su vida al no querer ceder y cambiar su forma de pensar y comportamiento. La amistad es el lema que alardea un perro y de seguro es este el motivo por el que las personas del signo Perro se demoran en escoger y aceptar a un verdadero amigo. Aunque difícilmente confían en los demás, son los mejores para guardar secretos y jamás defraudarán a quienes depositaron su confianza en él. Fácilmente se crean enemistades por su alto grado de sinceridad, que muestran en forma tajante, sin detenerse a pensar las consecuencias que obtendrán. Si bien interiormente se sienten débiles e incluso pesimistas, siempre se muestran como trabajadores fuertes y seguros. La firmeza en sus decisiones los hace inmejorables candidatos para que los ubiquen en puestos donde se requiera honestidad y responsabilidad e incluso se destacarán aún más por cargos clave de una empresa que necesite cuidar sus intereses. En cuestiones de amor, pueden demorarse en elegir su pareja y de seguro enfrentarán algunos contratiempos simplemente por su exigencia de lealtad y su ansia de compartirlo todo con el ser amado.

CAPÍTULO 4

Aunque se acostó agotadísima no podía dormir. La cama de la tía le parecía demasiado grande, daba vueltas como perdida en ella. Sentía que el colchón era una piedra. Trataba de acomodarse mientras se decía que la noche siguiente buscaría otro cuarto.

Ella jamás había tenido un novio, tampoco tenía intenciones de tenerlo. Lalo lo intentó todo para conquistarla, hasta que entendió que era mejor ser amigos. No estaba dispuesta a sufrir de la misma forma que su madre, y ante el peligro era mejor mantenerse alejada de sus posibles causas. Como dicen las abuelas: "El que se quema con leche, ve la vaca y llora". Sintiendo la dureza del colchón supo que Tuti tampoco tenía un compañero, alguien en quien invertir un poco de toda la energía que la inundaba. ¿Era necesario tener un compañero? Tendría que preguntarle algún día a la tía. ¿Y esa mujer/payasa tan misteriosa que la acompañó en el bar? Nadie la había descrito mejor, nadie se había abierto una puerta tan rápido y de manera tan sencilla en ella. No sabía ni cómo se llamaba la señora. Finalmente, abatida por todo el día y por su ensalada de pensamientos se quedó profundamente dormida.

Una gota de sudor le corría entre medio de los pechos jóvenes, que subían y bajaban a causa de su agitada respiración. Su camisón rosado de corazones, todavía un poco adolescente, estaba húmedo. El mismo sueño la turbaba desde hacía años, revivía confusamente por las noches la última escena familiar que recodaba:

Su padre llegaba del trabajo muy tarde, como siempre. Fue un milagro que ella lo viese, era pequeña y a las diez de la noche en general su madre la había obligado a acostarse. Pero Cecilia quedó extrañada, ese hombre despeinado, con la camisa fuera de los pantalones y los ojos mareados no se acercaba mucho al papá que la había dejado en el colegio por la mañana en el auto nuevo, vestido de traje y corbata. En el sueño el padre se tambaleaba al caminar, la imagen se cruzaba con la del mono porfiado que le había regalado la tía Inés el cumpleaños pasado. Le pareció un poco gracioso y pensó que le estaban haciendo una broma papá y mamá.

—Eugenia servime la comida— ordenó con la lengua traposa Gerardo.

—No hay nada, con la Ceci fuimos a comer una pizza y me imaginé que vos ibas a llegar comido— Cecilia sintió que su mamá respondía con el mismo miedo con el que ella respondió ayer al profesor de matemática que le preguntaba el valor de x y se le contagió el terror.

—No servís para nada— dijo el padre bastante más severo y agresivo que el profesor de matemática cuando

Cecilia respondió mal, la pequeña estaba descolocada a esas alturas, comenzó a temblar.

—Pero me fijo si quedó algo del medio día…—ofreció Eugenia vacilante.

—Mil veces te dije que no me gusta la comida recalentada, ¡infeliz!— gritó ahora más alto mientras le apretaba el brazo y la zarandeaba enérgicamente.

El pequeño corazoncito de Cecilia latía sin tregua y ella entrelazaba sus manitos escondidas debajo de la mesa de roble del comedor de diario desde donde miraba a los padres hacia arriba, como si mirara a dos monumentos cayéndose a pedazos. Al zamarreo siguió un empujón seco y la caída y aquel semidesconocido que hace unos minutos apenas podía caminar ahora no tenía problemas de estabilidad para patear a su mujer en el piso. A ella, flacucha desde su nacimiento no le restaba nada más que cruzar los brazos sobre su cabeza y protegerse un poco. Los minutos parecieron horas para la niña que estaba paralizada en su silla, con las manos entrelazadas, traspirando, abría los ojos cada vez más y sus pupilas iban casi a desaparecer cuando una lágrima la hizo reaccionar y gritó, grito hasta desgañitarse, gritó hasta que sintió que los pulmones se le iban a salir por la garganta, hasta que creyó que era el fin.

Aquella noche que vivió a los diez años se sigue repitiendo en sus sueños hasta ahora, a sus 21 años. Miles de noches de pesadilla ininterrumpida, que no quieren terminar.

Se levantó de la cama, derecho al baño para refrescarse y tomar un poco de agua. Sin duda, que el baño estuviera en suit era una de las ventajas de esta pieza, para compensar lo malo del colchón. Estaba dando el cuarto de los ocho pasos que separan la cama del baño cuando pisó la humedad, el charco en el piso.

—Perro y la re putísima madre que te re mil parió— se escuchó estridente y claro en toda la casa.

Uno de los perros se había meado en el piso de madera vitrificado y ahora ella lo pisaba, justo cuando iba a mear. Saltando en un pie, para no embarrar nada más con pis, llegó a la cocina entre un rosario de puteadas que dijo desde el fondo, de esas que te salen de la panza, de esas que desatan el nudo de la bronca y lo echan afuera como un río. Se desquitaba del pis del perro, pero también de la pesadilla que la torturaba eternamente.

De nuevo recordaba el horóscopo chino, pero qué signo era ese de ser perro. Mira estos perros de mierda lo que me hacen. Todavía con el pecho subiendo y bajando, agitado por la respiración frenética de la rabia, esparció diario para que absorbiera el charco y oliendo el pis se acordó:

"Los perros duermen adentro, pero tenés que dejar la puerta un poquito abierta para que salgan a hacer pis a la noche".

—Idiotaaaaaaaaaaaaaaaaaaaaaaaaaaaaaaa, no escuchás, no mirás alrededor. Por eso sos pésima periodista. El Gabo conocía cada detalle del lugar donde estaba y si no se encargaba de averiguarlo. ¿Por qué elegí estudiar esto si no sirvo?— se increpaba a sí misma mientras absorbía el pis con la primera plana del diario local.

Estaba fuera de sí, este era el colmo de su situación, "meada por los perros" y además por su propia culpa. Se le alborotaban los pensamientos, las frustraciones. Y aunque en ese momento tenía una furia tremenda con su madre hizo lo que ella hacía para reconfortarla cuando era niña y tenía un problema. Fue a la cocina, se sirvió un vaso de leche tibia y sacó dos galletitas de chocolate rellenas con crema que había comprado esa tarde. Con los ojos entrecerrados, un poco por la rabia y un poco por el sueño que no podía conciliar, se acomodó en el comedor de diario a jugar un solitario. Su madre decía que jugando solitario se desenredaban las penas.

Se despertó con el corazón apretado y el cuello doblado encima de la mesa, el sueño la había rendido sin dejarla llegar a la cama. En ese estado no podía hacer desayuno, o más bien consiguió una excusa para volver a "El Ranchito".

Era tan temprano que no había más que dos o tres camioneros, o por lo menos parecían camioneros, sentados tomando café. La Charito en su trono le abrió los brazos.

—Holaaa, volviste. Mirá Glady, volvió la chica.

—Hola— atinó a responder Cecilia un poco intimidada.

Gladys era la moza, cocinera, ayudante de cocina y señora del aseo en "El ranchito". Una alta y corpulenta mestiza, mezcla de gaucha y alemana que tenía a todos los parroquianos dados vuelta. A sus entrados sesenta años, todavía dejaba sin aliento a más de uno. Con sus gestos algo toscos, se secó las manos en el delantal, abrazó con la mayor de las confianzas a Cecilia y la condujo hasta la barra, una escolta personal imponente.

—¿Querés desayunar? Tenemos huevitos y queso de unos que hace la señora Petronila acá abajo camino al campo de los Vergara.

Después de todo a eso había venido, creía. Así que se acomodó en la barra y esperó que le trajeran algo rico.

Le trajeron la paila y Charo se acomodó al lado.

—No hay mucha gente tan temprano, pero el día del terremoto, te morís la cantidá de gente que había. Menos mal que con esto que los polis te joden tanto habíamo cerrado temprano, yo estaba re cansá, porque vos no sabés lo que es acá los vierne a la noche... se llena, pero que no cabe un alfiler — empezó la Charo para romper el hielo, mientras apagaba el cigarrillo después de fumar la mitad— ¿Vos dónde estabas?

—Yo, en mi casa. Vivo en un departamento con mi mamá, el séptimo piso es uno de los que hace bisagra, así que se movió bastante, y era eterno— esta nueva y repentina cercanía la ponía incómoda, pero a la vez algo hipnótico la amarraba a ese lugar, a esa mujer.

—Sí, no terminaba nunca, y lo más chistoso es que estaba de visita mi primo el Raimundo y estaba tan en pedo que seguía sentado en la cocina comiendo un chacarero y tomándose una Fanta de litro. Te lo juro —decía seria haciendo cruz con el índice y el pulgar y llevándoselo a la boca— ni se movió el desgraciao, yo le gritaba, Raimundo te vas a morir, te vas a morir, se va a caer todo, porque en mi casa hay una lámpara de cristal y se empezaron a caer los pedazos, eran como cuchillos que se clavaban en el piso.

—¿Y qué hiciste vos?— ya la había picado la curiosidad y sus ojos encendieron un poquito de esa chispa que solía haber en su primer año de estudio.

—Y lo que pude, trabé las puertas para que no se me cayeran las copas de cristal, y le gritaba a mi mamá que no se moviera, que no se moviera. Es que ella está viejita ya, ¿viste? No puede correr, ni nada, porque tiene diabete y ya las várices le tienen las piernas a la miseria, pero bueno, volviendo al terremoto, lo pasé arrodillada en el piso del comedor, rogando que no se muera nadie y menos ese borracho del Raimundo, que cuando terminó todo seguía en el mismo lugar abrazao a la Fanta y al chacarero. La casa era un revuelo, un quilombo, es que acá arriba del bar vivimos con mi mamá, y como estamos todo el día trabajando está todo por todas partes, las pilcha, los maquillaje, mis cosa, todo revuelto y ahora más encima se había desparramado todo con el terremoto. Y agachada ahí pensaba, capaz ahora me muero y no le dije a nadie qué quiero que pongan en mi tumba.

—¿Y qué querés que pongan?

—Quiero que pongan: "Aquí descansa Rosario Cándida Morales, pico[1] pal que lee"— y largó una carcajada sonora, catártica, contagiosa, que se propagó por el bar, como una onda expansiva, que alcanza y somete todo y a todos a su paso. Cecilia se rió como hacía mucho no lo hacía y se le formaron unos hoyitos en las mejillas.

—Bueno— esbozó todavía agarrándose la panza— nosotras nos metimos abajo de la cama con las rodillas hacia arriba hasta que pasó, solo vivimos mi mamá y yo en casa. Pero contame más, ¿y qué pasó con el bar?

—Eso fue lo peor, el día ese habían llegado los pedidos de gaseosas para todo el mes, así que cuando bajamo todos los envase estaban rotos, había vidrio por todos lados y estaba pasao a Fanta. Abrimos las cortinas de metal y ya había gente que estaba esperando para ver cómo estábamos nosotras, porque ellos saben que acá somos solas y que la casa es vieja. Enseguida llegaron los bomberos también, para que no vendiéramos el trago y también para ver en qué estábamos, si estábamos vivas. La verdá creo que todos pensaron que estábamos aplastadas debajo de los escombros, pero no se cayó nada, si mi abuelo la hizo bien hechita a la casa, las viga son de los fierros de ferrocarriles, porque mi abuelo era re amigo de los de Ferro. La cosa es que rápido empezamo a limpiar con los bomberos, porque ellos nos pidieron que recibiéramos a la gente que se les había caído

----

1 En jerga chilena, se le llama popularmente pico al pene.

la casa, porque saben que tenemos la cocina y que hay hartas sillas acá y tenemos espacio.

—¿Y llegó mucha gente?

—Si, poh. Mucha, si acá se cayeron muchas casa. Fue terrible, porque el pueblo es viejo, y hay mucha casa de adobe.

—Qué linda tu familia— le salió a la chica con un suspiro desde bien adentro.

—Sí, poh. La familia es todo, y si no nos ayudamo nosotro, quién nos va a ayudar. Acá todos nos ayudamos, porque la sangre tira.

—Gracias Charo, ya me voy ahora, pero un día de estos me doy otra vueltita.

Pagó en la caja y se fue caminando despacio, tratando de figurarse el terremoto, el corte de luz, todo el bar destruido, la mercadería perdida y la Charo con su bata rosa limpiando el pegote de bebida a la luz del carro bomba. Y a pesar de todo, estaban ahí las dos juntas, abriendo el corazón de la casa a la gente que más las necesitaba. Cecilia se preguntaba ¿qué hace uno con la rabia de los días malos? ¿Qué hace uno cuando se siente decepcionado? En esos días ella, la reina, abrían la puerta de par en par.

Como quien de sus travesuras se acuerda, ser reía bajito todo el camino cuando se acordaba del epitafio de la Charo.

CAPÍTULO 5

Con las persianas cerradas era casi lo mismo que estar en la ciudad. El sol se filtraba en líneas oblicuas denunciando el polvo de la casa y la cuidadora se refugiaba del calor del medio día en Facebook y de a ratos en WP.

Las vacaciones en Facebook son especialmente torturantes, parece que de repente todos tus amigos tienen vidas interesantes, viajes exóticos, cuerpos perfectamente bronceados y cámaras de lujo que sacan la foto hasta con la gota de agua del piscinazo. Cecilia pensaba en esas vidas digitales que se armaba la gente, esa suma de impulsos electrónicos que trasmiten momentos efímeros igual que ellos, esas torres de bytes de información que no son más que una versión adulterada de la realidad. Una versión condimentada con filtros y poses. Pero ahí estaba ella, stalkeando a sus amigos, dando me gusta, cuando sonó el teléfono. Lo peor de cuando suena el teléfono en esos momentos es que muchas veces todo el comentario de un post que elaboraste se desvanece, porque al fin y al cabo llamada mata comentario. Y para rematarla era su mamá, lo supo ni bien sonó, porque le tenía el ringtone de *I'll survive*. No le contestó, pero tampoco le cortó. Dejó que sonara el tema entero. De hecho, sonó varias veces mientras la chica veía claramente en su cabeza a Gloria Gaynor entre luces y sombras con su vestido de lentejuelas, con el collar de brillantes y una firmeza inspiradora en los pies y en la vos, y su parte favorita del video desde pequeña: la patinadora girando a toda velocidad iluminada por el seguidor en la pista de madera. Siempre pensó que Gloria Gaynor era su mamá; sin embargo, ahora se le desvanecía ese modelo entre las lágrimas de desilusión, de impotencia. Eran como las lágrimas que te corren el maquillaje a las 5 a. m. para que te mires al espejo y veas quién fuiste toda la noche.

Después de siete llamadas perdidas Eugenia se dio por vencida y tomó la cartera para salir al encuentro de Gerardo. Iban a almorzar en un restaurante de moda, de esos con pizarra afuera, muy Pinterest todo. Se lo habían recomendado y apenas entraron ella quedó un poco impactada, pero le pareció interesante. Él miró incómodo, se sentía atrapado. En todas las paredes había mujeres, algunas eran fotos, otras eran maniquíes; eran de distinta raza, color, textura y expresión. Eran ventanas abiertas a mundos femeninos que para Gerardo no debían mostrarse y para ella debían explorarse. De todos modos ya estaban adentro y decidieron sentarse.

—Mirá qué ocurrente, cada plato tiene el nombre de una mujer que ha sido famosa.

—Pero es difícil saber qué tiene cada plato así, por qué no le ponen directamente "sándwich de pollo", en vez de

Sand-wich-Frida Kahlo.— Se demoró deletreando mientras se ponía los lentes para leer.

—¡Ay, Gera! Genial me parece.

—Si a vos te gusta… todo bien. Voy al baño.— Se levantó incómodo, como quien anda con un calzón 2 talles más chico.

—Dale.

Mientras estaba en el baño, tomaron la orden. Honestamente se complicó aún más la situación, porque cuando Gerardo volvió del baño la chica que los atendía ya se había ido a otra mesa, la tuvieron que llamar de nuevo, y las cosas en estos lugares de moda un domingo al almuerzo se pueden demorar.

—Me salió un viaje de trabajo, ahora a fines de enero tengo que ir a China. Pasa que por todo esto del año nuevo de ellos tienen muchas ofertas, como que sienten que tienen que liberarse de todo lo del año anterior, o algo así, son raros los chinos.

—¿Cómo que raros? Son maravillosos, mirá todo lo que nos han dado… los lápices chinos, los teléfonos chinos, los fuegos artificiales chinos….— y se largó a reír para hacerle entender que eran una especie de broma.

—Jajajajaja, toda la razón, bueno la cosa es que si tenés vacaciones me gustaría que vengas.

—¿De verdad? Antes nunca…perdón, perdón, ya dijimos que no íbamos a hablar de antes— lo miró como pidiendo perdón y él asintió entre cariñoso y resignado.

—Sí, me encantaría ir. Tengo que arreglar en el consultorio eso sí, pero no es tan difícil, muchos doctores están de vacaciones.— Eugenia vio que llegaba su plato, miró a la moza y le dijo: — Gracias.

La ensalada de frutos del mar y vegetales de la estación estaba montada en una concha de mar y acompañada con unos crocantes de polenta. Ella, suavemente, lo apartó para esperar lo que él había pedido.

—No puedo creer que no trajeran todo junto, y ese plato…— espetó Gerardo con tono desaprobatorio, evidentemente el restaurante no le había gustado desde que entraron y cada momento era peor, se estaba irritando muchísimo.

—Y a veces pasa, no es el ideal, pero como lo mío es frío podemos esperar, charlamos un rato más…— dijo conciliadora, conociendo esa cara de su ex marido, percibiendo esas milésimas de milímetro que sus fosas nasales se agrandaban cuando estaba empezando a enojarse.

—Sí, toda la razón— apoyó a su ahora novia, cambiando la pose para aflojar los músculos.

—Y si vamos, tendremos tiempo de pasear por la muralla china y salir a vagar por las calles esas que se pierden como serpientes chiquititas.

—Voy a tratar, pero casi todo el día tengo reuniones programadas. Las noches son para nosotros, te voy a mostrar los mejores lugares para divertirse en Shanghái.

—Le voy a contar a Cecilia, va a estar feliz… espero.

—¿Le contaste?

—Sí, le dije. Pero no sé la verdad, su voz me dijo que estaba contenta y su cara me dijo que no. Igual la entiendo un poco… después de todo lo que pasamos.

—De nuevo hablando de "antes"— remarcó la última palabra, alzando lo menos perceptiblemente que pudo la voz.

—Ay, es sin querer. Me parece que va a ser un poco difícil cumplir este pacto de "no hablar de antes", porque nuestro "antes" es muy amplio y fuerte. Quizás este viaje nos ayude a exorcizarlo.

—Si te pareció taaan malo…— respondió mordiéndose por dentro— lo vamos a exorcizar.— No pudo haber mejor momento para que llegara la moza con el plato— Gracias— dijo seco cuando la moza apoyaba un plato en forma de manos que contenía su sándwich Frida Khalo, colorido, estridente, como su nombre.

—Gracias— le sonrió Eugenia a la moza— me traés otra cerveza por favor.

—Sí, yo voy a querer otra copa de vino blanco, con hielo, y que llegue antes que se derrita el hielo— dijo dejando las sutilezas de lado.

—No seas malo Gera, capaz es el primer día de la chica.

Lo que quedaba del almuerzo conversaron como dos enamorados nuevos y, aunque las tensiones no desaparecían tan fácilmente, este retoño que había florecido desde lo más profundo de los buenos viejos tiempos lo suplía todo.

—Estoy cansado Eugenia, además mañana el día se va a hacer largo, tengo mil reuniones, no sabés cómo me exprimen antes de los viajes. Encima hace dos horas que pido la cuenta y la chiquita esta no viene, no lo recomiendo ni loco a este lugar de porquería.

—Me imagino, sí yo también pienso en que mejor nos vamos yendo— saltó ella como siempre pacificadora.

Cambiaron dos palabras más mientras él trataba de que moza lo viera, pero nada.

—¡¡No hay forma con esta chiquita!!— escupió mientras levantaba la mano bruscamente, de improvisto, tan de improvisto que Eugenia en un acto reflejo se encogió y se tapó la cabeza con los brazos.— ¿Y a vos? ¿Te pasa algo?

—No, no. Un escalofrío no más. Hace años que me dan de repente— respondió Eugenia luchando por normalizar los latidos de su corazón. De verdad quería que no fuera como antes.

CAPÍTULO 6

En el pueblo, Cecilia salía del letargo de la siesta dominguera para ver el patio. Afortunadamente, pensó, los perros estaban vivos. El gato no era tan importante, Tután tenía una independencia admirable. Su caja de arena y un poco de comida y agua ya lo hacían feliz, no reclamaba afecto, no había que abrirle la puerta a horas extrañas, tampoco racionar la comida. En cambio, los perros necesitaban que alguien estuviera encima, como un hijo.

El calor había amainado y la chica se paseó por el terreno por primera vez desde que estaba allí. En realidad, un patio así era una experiencia nueva después de tantos años de departamento. La cerca era entera de crateus, por lo que en muchas partes daba la sensación de que no había fin, de que la tierra era compartida y una sola para todas las casas. Hacia la derecha de la casa, cuya entrada apuntaba al norte, se extendía un camino de rosas que terminaba en uno de esos banquitos románticos de hierro fundido con rosas y hojas enroscadas. Paseando por ahí, se sintió Alicia en el jardín de la reina de corazones, aunque el calor hubiera chamuscado gran parte de las rosas. Cuando se sentó en el banco quedó justo ante su vista Jack, el fox terrier con la cabeza mitad blanca y mitad negra, un círculo marrón rodeando el ojo y una mancha negra grande en el lomo, que se complementaba con la pinta negra en la punta de la cola. El perro se estaba revolcando en el pasto, pero no parecía que quisiera jugar. Se paró para seguir el recorrido y de inmediato llegó Laika, la pastor alemán de pelo largo, corriendo a saludarla. Esto ya había pasado hacía dos días cuando salió a desayunar al corredor, pero la demostración de amor la seguía desconcertando un poco. No era que fuera arisca ni nada, pero jamás había tenido mascota y la entrega pura de esta perra la desorientaba a la vez que le acariciaba el corazón, despertando algo que estaba dormido muy dentro de ella. En esta segunda oportunidad se dejó hacer, Laika suavecito le tomó la mano con su boca y tironeó sin lastimar, le estaba diciendo "sígueme". Cecilia obedeció y su guía la llevó hasta Jack. El pequeñito no se estaba revolcando como ella creía desde lejos, se movía suavecito y quejándose. Algo estaba mal, pues cuando ella lo llamó él se paró a duras penas y con suerte logró a dar tres pasos. Sus ojos, como pedacitos de carbón, la miraban con pena, eran tan trasparentes y llamaban tanto al amor...

Se lo llevó a la casa y trató de darle agua y algo de comida, pero no tuvo mucho éxito. Le hizo guardia un rato, pero nada mejoró. La tía Tuti había hablado de porciones de comida, de pipi, de caca; pero nunca mencionó que los bichos se podían enfermar, tampoco dijo nada de algún veterinario.

Esa tardecita se quedó en la cama mirando una película cualquiera que apareció en el cable, una de esas que te inducen a una especie de coma, un estado en el que no pensás, pero seguís atento a lo que pasa en la tele. Abrazada a Jack y Laika, pensaba en su mamá, ¿qué me habrá querido decir cuando llamó? Seguro había entendido que no le gustaba este tema del rencuentro con el padre; pero cuáles podían ser las justificaciones para semejante idiotez, o ceguera, o las dos juntas. Tenía rabia, estaba llena de rabia hasta que notó el calor que provenía de Jack, estaba levantando temperatura y Laika lo miraba haciendo un gesto hacia el costado con la cabeza y se ese sonidito que los humanos interpretamos como llanto.

Cecilia volvió a la libreta donde estaban las indicaciones, ya no era normal, si la fiebre en los humanos es señal de algo no tan bueno, en los perros no puede ser diferente. Con el ceño fruncido y los movimientos agitados releyó todo lo que le dejó la tía Tuti, pero nada. Se durmió temprano, abrazada a Jack, experimentando un amor nuevo y fascinante.

Después del desayuno revisó a Jack, que seguía sin querer comer ni tomar nada. Lo veía tan frágil, tan triste, que casi no pudo tomarse su propio su café con leche. Esto no podía seguir así, necesitaba a un veterinario y lo único que se le ocurría era volver donde Charito para que le recomendara alguno.

—No dormiste bien vos, ¿eh?— le largó apenas la recibió.

—La verdad que no — se vio obligada a contestar,

comenzando a sospechar que esta mujer tenía algún poder de control mental.

— Tené una ojeras terribles, vení que te hago un cafecito — le hizo seña de que la siguiera muy hospitalariamente.

— Dale, gracias.

Se sentaron en la barra porque la Charo estaba haciendo las cuentas de la noche anterior, los domingos a la noche siempre eran bien buenos.

—¿Qué's lo que te anda quitando el sueño chica?

—Todo, pero lo primero es el perro de mi tía, que creo que tiene un poco de fiebre y hace de ayer que no quiere comer ni tomar nada de agua, nunca tuve animalitos, pero en verdad estoy preocupada.

—Ah… bueno por grave que sea seguro el Marquito te lo soluciona.

—¿Quién es el Marquito? — frunció el ceño Cecilia en señal de desconfianza.

—Es el veterinario que vive acá a la vuelta, re buena onda, es jovencito…— le guiñó el ojo Charo.

—¡Buenísimo!

—¿Que sea joven o que sea veterinario? jajajajajaja— soltó esa risa tan característica que tenía la Charo, esa risa que lo contagiaba todo, hasta los muebles parecían reírse con ella.

—Las dos cosas— respondió Cecilia sumándose a la broma, aunque con pocas ganas.

—Pero a vos algo más te pasa— le dijo como para tirarle la lengua.

Era verdad y Cecilia no aguantaba más todo ese torbellino dentro de su pecho.

—Sí, la verdad anoche me dormí re tarde, cansada de cuidar a Jack y cansada de llorar.

—Pero nena, llorar, ¿por qué?— Charito no se esperaba algo así, semejante confesión. Muchas veces no comprendía hasta dónde llegaba su intuición de años mirando al público, sintiendo el show.

—Lo que pasa es que mi vieja volvió con mi papá…— no sabía cómo contar algo que le parecía tan terrible.

—Bueno, supongo que eso viene siendo malo, ¿puedo saber por qué?— trató de seguir la conversación con naturalidad, entendiendo que se venía fuerte, mientras apagaba un nuevo cigarrillo a medias y se acomodaba el pañuelo floreado que le cubría el pelo a modo de turbante.

—Sí, cuando yo era chica ellos se separaron, hace como diez años. Se separaron una noche que él volvió borracho, estaba borrado, y muy violento…

Se le cortaron las palabras, recordar ese momento, ponerle palabras para revivirlo lo hacía extremadamente tangible. Las oraciones eran como gigantes con patas de hierro que hacían su camino desde el estómago hasta la garganta y le dolían incluso antes de que salieran por la boca. La Charito le garró la mano suave pero firmemente, para darle fuerzas.

—Largalo chica, lo tené que largar alguna vez.

—Sí,—dijo con resignación y alivio— esa noche mi papá llegó y le gritó a mi mamá. Estaba raro, yo con once años jamás lo había visto con la ropa desordenada, el pelo revuelto y los ojos desorbitados, estaba demasiado borrado. Le gritaba cualquier cosa a mi vieja, que quería comida, pero no había, no sé, ella trataba de disculparse con un miedo en la cara que jamás le había visto. Los dos eran dos desconocidos, personas que no sabía que existían y que me di cuenta que se despertaban todas las noches. Fue horrible, porque ella se empezó a orillar en un rincón y él la perseguía, se veía como una sombra que iba creciendo y creciendo. Si para mí crecía, no me quiero imaginar lo monstruoso que habrá sido para ella— le comenzaron a caer las lágrimas, y sus manos, recordando aquel día se tomaban una a la otra con fuerza, escurriendo los dedos apretujados y sudorosos unos con otros.

—Tranqui chica, ¡Glady! Traele un tecito con harta azúcar acá a la chica, que se le está bajando la presión.

Llegó Gladys, con la caminata enérgica y secándose las manos con el delantal, como siempre, traía la taza en la mano haciendo ese ruidito que se produce al chocar la taza con el plato.

—Acá stá mijita, tomeló despacito no se me vaya a descomponer, tan palidita que anda.

— Gracias…— no le salió nada más.

— Ahora ya empecé,— dijo Cecilia resuelta e hizo una pausa para tomar aire y seguir— justo ahí él le empezó a pegar, ella solo recibía y se protegía la cabeza. Con el tiempo, después de repetir una y otra vez la escena en la mente me di cuenta que era algo que ella hacía siempre, hacerse bicho bolita. Ahí, en ese momento, logré sacar el habla y empecé a gritar, no decía nada, solo chillaba la letra A lo más fuerte que podía y apretaba los puños a los costados— mientras lo contaba revivía el instante, se le volvía a apretar la panza, se le aceleraba el corazón y la respiración se le dificultaba.

Charito no lo pudo evitar, rápido se levantó de la banqueta alta echando a volar su falda de satén con gajos de colores y la abrazó. Fue un abrazo que venía de otro espacio, desde ese amor eterno y fuerte que guarda la familia que hace mucho que no se ve y aflora cuando se encuentran. Era una cunita caliente, esponjosa. Por primera vez le contaba a alguien ese minuto de su vida, tampoco a su madre le había dicho como lo había vivido. Y esta hermana mayor le estaba dando justo lo que necesitaba, nada más ni nada menos. Después, Cecilia se fue a lavar la cara y cambiaron de tema, hablaron de pinturas de uñas, comerciales de tele, livianito de sangre todo, como dicen por ahí.

Al salir del bar caminó hacia la casa del veterinario, daba pasos pequeños porque si bien se sentía aliviada de por fin haber exteriorizado este gran dolor, también le parecía estar rodeada de una nube gris que la aprisionaba, una especie de niebla untuosa que la invitaba a atravesarla y dejar ese cofre oscuro de una vez y por todas.

La casa era pequeña, o se veía pequeña por fuera, y tenía las paredes un poco sucias, desgastadas. A lo largo de toda la fachada, en la parte alta, había un cartel que decía "VETERINARIO" y más abajito un listado de animales que incluía, sorprendentemente para Cecilia, a gallinas y hurones. Aquí debía ser, tocó la puerta y se escuchó un grito desde adentro:

—Está abiertoooooooo

—Permiso— dijo bajito Cecilia mientras abría la puerta tímidamente.

—Espéreme, que estoy acá castrando un gatito, pero ya casi termino y la atiendo, ¿eh?— Seguía gritando esta vos masculina, firme, pero muy alegre.

Cecilia se sentó en una silla un poco desteñida que formaba parte del destartalado conjunto de la sala de espera. Miraba a su alrededor y nada le encajaba, fotos de animales en cuadros de esos que se compran en los chinos, unas cortinas verdes y bastante viejas, estas piezas inconexas parecían haber salido de distintos y lejanos mundos para venir a juntarse en este pequeño cuartucho con olor a perro sucio. Sin embargo, era cómodo, era agradable para esperar e imaginar de dónde provenía todo aquello. Era como una cucha de perro gigante donde ella se acurrucó abrazando el torbellino de su corazón, que aún palpitaba desenfrenado por todo lo que acababa de contarle a esta mujer imán. En vez de lograr ella hacer hablar al entrevistado, era el entrevistado el que había obtenido toda la historia, una primicia jamás escuchada por público alguno, ni siquiera por el más cercano a la protagonista y a los implicados más directos. Quizás había sido un amor a primera vista con esa payasa que vio a la entrada de "El ranchito" el día que llegó, su estridente pelo rojo y los trapos voluminosos que amarrados a un cinturón verde formaban una pollera multicolor con vida propia. Cada día que pasaba se preguntaba más en qué momento había decidido estudiar periodismo y lo peor, ¡¿Cómo había logrado llegar tan lejos sin darse cuenta que no era lo de ella?!

—Perdón la demora, estaba viendo al gato— se oyó la voz a la vez que iba asomando el delantal blanco de veterinario y con él Marcos, un muchacho recién recibido, que no superaba los 27 años.

—Sí, no te preocupes, vengo por un perro.

—Aha…— dijo él como examinando alrededor de Cecilia para localizar al perro, o para intentar una broma, una ironía chiquitita.

—O sea, no traigo al perro, es evidente. Pero estoy cuidando al perro de mi tía y no se siente bien… ¿vos lo podés ir a ver?

—Difícil ahora… tengo varios pacientes por llegar…— empezó a dudar, porque vio que ante sus palabras ella transformaba su cara, la abrazaba la pena y los ojitos verdes medio que se le aguaban con la urgencia.

—Pero tiene que haber algún momento que tengas disponible para visitas, no hay problemas por los honorarios— contraatacó suave pero segura, con el objetivo firme de no dejarse vencer, Jack necesitaba atención sí o sí, a como dé lugar.

—Bueno, pero tendría que ser ya tipo siete de la tarde, cuando cierre acá la consulta.

—Dale, te espero entonces, yo estoy en la casa de Tuti.

—Ahhh, ta, vos sos la sobrina que se venía a quedar con la casa, sí me dijo algo cuando me trajo los bichos al control hace unas semanas.

—Sí, soy yo, nos vemos a la tarde entonces, no hace falta que te explique cómo llegar.

—No, no… nos vemos.

CAPÍTULO 7

Marcos, que conocía el territorio, llegó a la puerta de entrada sin problemas y sorprendió a Cecilia al asomarse por la ventana de la cocina saludando. Muy precavido, no entró como lo hubiese hecho de estar Tuti, ya se había dado cuenta de que a esta citadina le gustaba tener su metro cuadrado.

—Hola— dijo ella, incómoda de que él hubiera llegado tan adentro.

—Hola, ¿puedo pasar?— sonrió Marcos, con su voz varonil, pero muy dulce.

—Sí, ya casi estás adentro, dame un segundo que termino de ordenar acá y vamos a ver a Jack. Qué suerte que llegaste, en realidad estaba muy preocupada, porque la verdad es que no quiere comer, no quiere agua, la fiebre no baja, va de 37,5 a 38 y por momentos llega hasta 39, ya no sé cuántas veces le tomé la fiebre, estoy bastante preocupada — terminó suspirando hondo con su verborrea desesperada.

El joven veterinario entendió que ella no tenía idea de qué hacer con cualquier animal, quizás tampoco tendría idea de qué hacer con cualquier persona que tuviese a cargo. Entonces, se armó de paciencia y energía para el resto de la tarde.

—Tranqui, ahora lo vemos… no puede ser algo tan grave, porque hace un par de semanas estaba como un roble.

—Gracias, gracias por venir, de verdad, seguime, está en la pieza de la tía, que es la que tiene más ventilación.

—Muy bien pensado, ¿tenés animales en tu casa vos?

—Ja, ja, ja, difícil en la ciudad, los departamentos son demasiado chicos para darse esos lujos…

—Perdón que te pregunte, pero… ¿nunca tuviste mascota? — dijo Marcos para seguir con la conversación, aunque ya conocía la respuesta.

—No, —respondió entre apenada y molesta por la intromisión— siempre vivimos en departamentos con mi fami… con mi mamá— había mentido, pero no quería explicar mucho.

—¡Ah! ¡Qué pena!— no sabía qué responder, en toda su vida era la segunda persona que conocía que jamás había tenido mascota, para él alguien así era sospechoso.

Llegaron a la pieza y al costado de la cama sobre un acolchado Alcoyana rojo, estaba Jack. Cuando vio a Cecilia hizo ademán de levantarse y movió casi imperceptiblemente la cola, de verdad se sentía mal; pero aun así tenía un poco de energía para expresar gratitud a esta ama nueva que tanto lo estaba cuidado. Marcos vio a Jack y notó en el acto que algo estaba fuera de lugar, pero… ¿qué podía ser?

—Hola Jack, ¿cómo andás viejito?— le hablaba suave y amigablemente, mientras le acariciaba el lomo, era necesario para que el perro se calmara— ¿Qué te anduvo pasando?

Mientras le hablaba lentamente comenzó a revisarlo, empezó por buscar síntomas de la fiebre. Con sus manos, grandes y ajadas por los trabajos con animales, lo tomó con gentileza de la cabeza y se acercó a su nariz, que efectivamente estaba bastante calentita; luego continuó su revisión acariciándole ambas orejas al mismo tiempo.

La chica lo miraba siguiendo con atención cada movimiento, veía cuánto amor irradiaba. Sin duda amaba lo que hacía, no dejaba el contacto visual con el animal, para decirle de tú a tú que todo estaba bien, que pronto mejoraría. Ella estaba fuera de ese vínculo tan especial y como espectadora lo admiraba profundamente, le parecía grandioso que una relación así pudiese existir y deseó fervientemente aprender a cultivarla.

—¿Cómo supiste que querías ser veterinario?

Marcos tardó en responder, se tomó el tiempo necesario para salir de ese mundo en que estaba con Jack.

—Creo que siempre, cuando era chico y vivía en la ciudad andaba siempre recogiendo a los perros de la calle, hasta logré organizar unos potes con agua y unos comederos en los almacenes y librerías del barrio.

—¿Y tus papás no te decían nada?

—Sí, la verdad me ayudaban bastante— dijo esbozando una sonrisa y comenzando a palpar la panza del perrito.

—Wow, yo pedí una mascota un par de veces, siempre sin éxito— ya se había aflojado, no quería esconderse más.

—Pasa mucho eso, además tené en cuenta que nosotros todos los veranos los pasábamos acá en el pueblo, con mis abuelos. Campo, animales, verde, plantas, era medio obvio que me iban a gustar los animales— en ese punto del examen se puso serio, algo raro había encontrado…

—¿Qué sentiste?— dijo ella percibiendo su cara de "eureka".

—Hay algo duro acá en el estómago, como si se hubiera tragado algo raro…

—Y no sé— puso cara de culpable Cecilia— andan todo el día para acá y para allá los perros…

—A ver….— Marcos investigaba ahora la cola del perro. En ese momento hizo un movimiento sobando la panza del perro mientras su cuerpo seguía enfrentado a la cola del animal, repentinamente se sintió un pequeño gemido de Jack, que expresaba entre dolor y tristeza. Lo próximo fue una explosión y el foxterrier empezó a disparar su caca por toda la habitación, salía a chorros y él meneaba levemente su trasero con lo que el riego abrupto bañó toda la pieza de la tía Tuti. Todo era un caos, la mierda estaba en cada pequeño rincón, desde el piso hasta las sábanas, Cecilia miraba la escena paralizada tapándose la boca y la nariz. Respirar le era difícil y caminar también, no había por dónde. Además, tenía caca salpicada en sus zapatillas de lona y en las piernas, que estaban al descubierto porque el calor polvoriento del pueblo la obligaba a vivir de shorts. Del otro lado de Jack, estaba Marcos completamente bañado en excremento. Como estaba tan cansado al llegar, después de todo el día atendiendo a sus pacientes, se le había olvidado ponerse guantes, aunque acostumbraba estar en contacto con este tipo de "material" para él también fue una desagradable sorpresa.

—¡¡¡Qué ascoooooooooooo!!!— soltó chillando sin poder contenerse Cecilia— ¡Ahhhhhhhhhhhhh! ¡Qué ascooo!— Se miraba las piernas doradas por el sol, paseaba los ojos por la habitación y aleteaba sin cesar.

—Jajajajajaajajaajajjaajaaj— viéndose embadurnado en mierda Marcos consideró que no había más opción que reír.

—¡¿Qué tiene de gracioso?!— inquirió ella con rabia, indignada.

—Jajajaajajajajajaj— no podía parar de reír, y su risa cubría todo el espacio, parecía tapar la mierda y expandirse a más velocidad que ella, la chica se dejó llevar, deshaciendo el ceño fruncido sin resistencia.— Es que además descubrimos la causa de la enfermedad— decía tratando de reprimir las carcajadas que se asomaban entre la jaula de blancos dientes.

—¿En serio?— inquirió ella tratando de recobrar la seriedad para hablar sobre la enfermedad de su nuevo amigo Jack.

—Sí, mirá acá cuando hice masajes saltó un pequeño tapón de algo…— hablaba como si estuviera perfectamente limpio como siempre con la tranquilidad y pausa de

cualquier documental del Discovery Channel— es como
si hubiera comido lana… ¿Habrás visto algún cordero por
acá últimamente?

—Ahora que me decís— ella parecía contagiarse fácilmente
del humor que Marcos irradiaba— hace algunos días había
un rebaño chiquito en la casa de don Isolino, acá al lado
y Jack los perseguía chocho todo el día.

—Ahí está, se debe haber comido algún cuero de los
que dejan los cuidadores y se trancó, lo bueno es que ya
lo liberamos— dijo riendo con ganas Marcos.

—Sí, tenés razón— respondió ella replicando la carcajada.

Rieron juntos, con los ojos cerrados, tirando la cabeza
para atrás, dejando que se les llenaran los pulmones de
chispitas de alegría, rieron hasta que les dolió la panza y más.

Con no poco esfuerzo Marcos apaciguó sus carcajadas
para seguir trabajando, este no era el fin del problema del
pequeño Jack. Primero, sabiendo el camino fue al baño de la
habitación, se lavó las manos y se sacó la bata blanca que ahora
se había convertido en marrón. Luego, volvió a ver al perro,
que se acercaba amorosamente a Cecilia, sin que ella pudiera
responder de tanto asco que la inundaba, evidentemente su
amor por los animales no estaba suficientemente cultivado.

—Vení perro chancho que te voy a terminar de curar—
dijo el veterinario mientras tomaba a Jack por la panza,
haciendo un gancho con su mano.

El perro se dejó llevar hasta la cocina, donde reinaba
la normalidad y allí Marcos usó el lavaplatos para asear

al perro, luego le inyectó un calmante junto con un antiséptico, para que se relajara y por si acaso tanta caca producía una infección.

—¿Te ayudo en algo?— entró Cecilia a la cocina con esa frase que daba a entender que había recuperado levemente la cordura.

—No, gracias. Está listo Jack, ahora solo tenés que hacerlo descansar y él solo va a ir regulando lo que come. Aunque como lo conozco y sé que es goloso te recomendaría que le pongas a disposición solo arroz blanco con un poco de hígado y mucha agua. Poné potecitos de agua por toda la casa, sobre todo en sus lugares favoritos.

— No sabés como te agradezco que vinieras, ahora me siento tan aliviada.

—De nada, por el amor a estos bichos uno hace de todo.

— Sí, la verdad llevo algunos días con ellos y ya me están conquistando, se están convirtiendo en algo especial.

— ¿De verdad? Bien, a lo mejor te convierto y te pasás al lado de los que tenemos mascota.

— Jajajajaaj, sí en mil años luz cuando tenga mi propia casa.

— Siempre hay un modo de convencer a los viejos, ¿vos qué hacés?— después que lo dijo se arrepintió, capaz era demasiado entrometido— si se puede saber…— trató de parchar.

— Sí claro, estudio periodismo, acabo de pasar a cuarto año. Pero justo en este instante me voy a convertir en la señora del aseo de mi perro Jack.— Así logró esquivar el por estos días espinoso tema de su carrera.

— Jajajajaajajja, casi me había olvidado, ya guardo mis cosas y te ayudo.

— No hace falta, como te dije ya fue bastante que vinieras, a propósito, te tengo que pagar.

— Después lo vemos, decime dónde guardan las cosas de limpieza y empezamos rápido, antes que la cosa en cuestión solidifique.

Se rieron de nuevo, al final tanta escatología los había unido. Eran compañeros de mierda, así comenzaron a decirse mientras él arrastraba todo el cúmulo del piso y ella sacaba todas las cosas que podían ser metidas al lavarropas, cubrecamas, mantitas de macramé, alfombras finitas y tanta chimuchina que tenía dando vueltas la tía Tuti.

—Te invitaría a quedarte, pero la verdad tengo mucho que hacer con toda esta mugre, y además mañana tendrás que hacer me imagino.

—Sí obvio, no te preocupes.

—Ya no sé más como decirte gracias.

A Marcos se le ocurrían varias formar de agradecer, simples como algo para comer, para tomar o para besar. Ya le había picado el bichito por esta chiquita caprichosa, que no sabía nada de nada según él, pero que tenía un espíritu que se las pelaba.

CAPÍTULO 8

Anoche había quedado envuelta en una sensación nueva, la verdad es que nunca se daba mucho con los hombres. Temía que fueran como su modelo más cercano, su padre. Entonces, en las fiestas de la universidad se dedicaba a bailar con Fanny y si ella tenía algo entre manos, que era casi siempre, cuando su amiga partía a una fiesta más íntima ella se iba a su casa. Muchos la habían tratado de convencer, no tenía nada que envidiarle a cualquier otra chica. Si bien era flaca, no le faltaba proporción y sus ojos de un verde intenso eran capaces de perder a más de uno al descubrirlos. Sin darse cuenta, ella hacía ciertos gestos que llamaban como un imán a los metales. A veces, parpadeaba, otras veces trataba de acomodarse el pelo castaño que de tan sedoso se le escapaba de entre los dedos, de entre las orejas e incluso de entre los cruces de la trenza maría que se hacía ella misma sin mirarse al espejo.

Sin embargo, ayer por la tarde había levantado las barreras ante la voz de Marcos, ante sus gestos francos y sobre todo ante el modo de tratar a Jack. Ahora que estaba absolutamente molida, porque limpiar toda la mierda le había costado más que si hubiera corrido una maratón, ahora pensaba en él. Así de simple, se estaba permitiendo pensar en un hombre y era una sensación dulce y nueva, una ilusión, como dicen esas canciones antiguas que le pedía la tía Tuti que le cargara al mp3. No sabía si era amor, si era deseo, no podía reconocer un sentimiento específico, solo se dejaba llevar por esa sensación de estar flotando suavemente en el aire que infunden los pensamientos agradables, placenteros.

Se desperezó y lo primero que hizo al bajar de la cama fue ir a ver a Jack. El pequeño manchado estaba acurrucado en su cucha usando a Laika de almohada. A primera vista estaba bien, descansaba tranquilo con una respiración suave y pausada.

Lo dejó dormir mientras se daba una ducha, encontró que el baño de la noche anterior no había sido suficiente para sacarse la mierda. Mientras hacía desayuno leyó cuidadosamente las indicaciones que dejó el veterinario para preparar la comida de Jack y los remedios y dosis que tenía que darle al fox terrier.

Aunque no era domingo, como estaba de vacaciones parecía el día del ritual con su madre y entre el recuerdo de la noche anterior se empezó a colar el de los desayunos largos y abundantes con Eugenia. Cambió la rutina dominguera por algo rápido, era tarde y no sabía cuánto tiempo estaría abierta la farmacia para conseguir los analgésicos que Marcos le había recomendado para Jack.

—Me dijo un pajarito que conociste al Marcos— así la saludó Charito apenas cruzó la puerta.

—Sí, qué rápido viajan las noticias acá, casi más rápido que por Facebook.— en verdad la chica estaba sorprendida.

—Así son los pueblo, ¿y qué? ¿te gustó?

—Está bueno igual— ya no había secretos con la Charo, cinco días después de conocerla sentía que era una partner maravillosa, un pilar fundamental para su vida.

—Ahhhh, viste que te había dicho… ¿queré unos huevitos revueltos? Tené cara de que desayunaste como la mona.

—No hay mejor definición, decile a Gladys que me haga esos huevos revueltos que le salen ricos, esos mismo del otro día con el jamón crudo adentro.

—Marcheeeee.

—¿Y vos no tenés un perro que te ladre?— se animó Cecilia por primera vez a rebuscar en la vida de Charo.

—Tuve, sí que tuve. Pero la familia es más importante. Siempre.— Sentenció categórica la cajera del bar mientras prendía su primer pucho, que dejaría a la mitad minutos después, porque ya todos sabemos que lo que nos hace mal es la segunda mitad del cigarro.

—Bueno, pero podías haber formado otra familia más— no sabía de dónde sacaba coraje, pero preguntó igual, porque la curiosidad parecía volverle después de estos días de vivir campo adentro.

—Es difícil, pero todos hacemo sacrificios por la familia, mirá yo terminé la secundaria porque mi mamá decía que antes de trabajar había que estudiar, siempre me hacía estudiar, me sentaba a hacer las tarea antes de poder bajar a ayudar al bar. Y a mí me iba re bien. Pero acá éramos las dos solas pa' todo, y a veces hay que hacer sacrificios por la familia, porque las familia se tienen que cuidar. Pero como a mí me iba bien mi mamá me dijo de mandarme a estudiar a la capital. A mí igual me gustaba la ciudá, había ido algunas veces porque mi primo Raimundo, ese que te contaba la otra vez del terremoto, ya se había ido para allá. — Estaba entusiasmada hablando la Charito y Cecilia se zambullía en sus ojos cristalinos y en la boca color rosa fucsia, que se retocaba al apagar cada cigarrillo— entonce me animé y me fui, la idea de mi mamá era que estudiara para secretaria ejecutiva, con mención en inglé, que era la moda entre las niñas bien. Ella tenía y sigue teniendo una visión bien especial del mundo, pero me gusta porque siempre tira para adelante, con todas su fuerzas— cuando decía esta frase un orgullo le hacía inflar el pecho, su voz pausada y ronca recalcaba las palabras mientras la frente casi solita se erguía unos centímetros.— Entonces, che ¿no te estaré aburriendo yo?— se paró en seco a interrogar a Cecilia.

—No, para nada, vos contame, despué de todo lo que te he contado yo, ¿cómo no ibas a hablar un poco vos? ¿Te fue bien en el secretariado?

—Ja, sí es verdad, una por otra. La cosa es que me fui y vos viste que hace tantos años, porque no aparento pero igual tengo harto años. Entonces, lo que te decía — prendió un cigarro más, por lo que las palabra empezaron a salir de entre los dientes y en casi todos los fonemas se colaba alguna especie de eme, procedente de los labios juntos que apretaban el cigarro— es que viste que ante no era lo mismo que ahora, que vas y volvés a la capi en dos o tres horas como mucho, ante era largo el tramo y uno no podía volver mucho, así que estuve dos meses sin volver, y para qué nos vamos con cosas, me encantó la ciudá, era grande y salíamos a pasear con las compañeras del secretariado. Ni te digo todos los minos que me andaban atrás, un día me invitaba uno otro día el otro, pero yo no me decidía por ninguno. Me hacía la difícil. Pero en el secretariado me iba más o meno bien, hasta que un día vi un afiche de "Taller de clown" y ahí quedé catatónica, miraba el afiche con la foto de un payaso y me veía a mí misma.

—¿Y qué pasó con el secretariado? Porque yo a vos te conocí de payasa— exclamó interrogando Cecilia, en ascuas con el suspenso que se había generado y la cara de Charito que por primera vez mostraba tristeza.

—En total, estuve ocho meses en el taller, las dos vece que volví a mi casa en todo ese año le mentí a mi vieja. Le decía que el secretariado iba bien, le hablaba de un par de amigas, le tiraba algunas pocas frases en inglés que había aprendido y ella quedaba chocha. La verdá era que en la ciudá el estudio estaba cada vez más tirado, la secretaria se achicaba y la payasa crecía y crecía. El problema fue que para esa Navidá me agarró el cargo de conciencia.

—Y qué pasó después…— esto era como una de esas novelas de la tarde que miraban su abuela y la tía Tuti.

—Mi lao de artista ocupaba todo el tiempo, incluso estaba en un circo con dos compañeros del taller y alcancé a tener dos semana de funciones antes de la Navidá, de ahí nos íbamos a hacer la temporá de circos por todo el país y después quién sabe pa' dónde... La bola ya no podía hacerse más grande, tenía que decirle la verdad a mi mamá. Me preparé un montón de tiempo, pensé ponerme le traje y mostrarle, después creí que era demasiao impacto, así que acomodé el traje y me conseguí una de las poca fotos que tenía para mostrarle uno de los shows.

—¿Y cómo te fue? — no daba más de la ansiedad por saber el desenlace de la historia, se le revolvía la panza.

—Nunca había dimensionao el esfuerzo de mi mamá por mandarme la ciudá, yo en mi cuento del arte y la bohemia me fumaba todos los recursos de la vieja y cuando le dije la verdá, de pura angustia, en plena noche buena le dio un paro cardíaco. Yo volví a la pensión en que vivía a buscar mis cosas y despedirme de mi gente, empecé el año nuevo acá en el pueblo y no me fui nunca más.

Se hizo un silencio sepulcral, como si alguien acabase de morir. Cuando se abre la puerta sola en medio de una noche oscura y solitaria, algunos dicen que ha pasado un angelito, otros dicen que ha entrado un espíritu maligno, todo depende de lo que tengamos en el corazón en el momento exacto en que esto ocurre.

—¿Cómo te sentís con eso?— hizo la pregunta pedorra, esa que la habían entrenado para hacer en la escuela de periodismo y que era completamente inútil, porque la respuesta en el 99% de los casos ya se sabe: el entrevistado se siente para el orto.

—Pal pico, cómo me voy a sentir, más culpable que la mierda.

—¿Cómo sobreviviste?

—Al final la familia es lo má importante y uno sacrifica cosas con alegría por las persona que ama. Pero más que nada me las apañé para seguir haciendo lo que amo, empecé a ser payasa de cumpleaños, de fiestas de colegios y en los aniversarios del pueblo. Salvo para eso, nunca salgo del ranchito, no me gusta alejarme de mi viejita, es que ahora ya sí que sí que está re viejita.

—Sos tan valiente…

—A veces me caigo y la payasa Pururú me levanta, vamo las do por la vida, vamo las cuatro con mi mamá y la Gladys.

—¿No te enamoraste en la capi?— el nivel de intimidad entre café y café crecía sin cesar.

—Otro día mejor, ahora que estoy cansá de hablar de sentimientos, contame vos mejor, ¿cómo te fue con lo del perro y con el Marquito? — incluso para ella había sido demasiado recordar ese momento, no era infeliz en ningún caso, pero esas caídas de las que hablaba se referían a los días en que los fantasmas de los " y si…" rondaban el café de la mañana, el pucho de las diez, la costeleta del almuerzo e incluso los huevos revueltos con tomate de la noche.

—Fue gracioso— se alegró de distender la cosa Cecilia—

porque el perro tenía una bola de lana atascada y entonces cuando salió la bola salió también un montón de caca, pero mucha mierda Charo, no te imaginás, fue como la bomba atómica de mierda adentro de la pieza de mi tía, jajajajajajaajaja.

—Jajajajajaj — antes muerta que amargada la Charo comenzó a reír de solo imaginar la situación y a esta chica finita y quisquillosa toda llena de mierda fresca.

—Nos reímos bastante, me cayó bien el Marcos.

Se suponía que el perro ya no tenía nada, que estaba curado, pero el veterinario, a estas alturas mijito rico total, Marcos le había dicho que mejor le hiciera arroz con hígado en forma de papilla para comer y que le diera analgésicos cada seis horas. Además, le pidió que lo controlara por si surgía algo más. "Había que hacerle caso entonces", pensó Cecilia y se puso manos a la obra: hirvió agua y rebuscó un bol y la miniprocesadora, ya sabía dónde estaban todas las cosas de la cocina. Una vez que el agua estuvo lista, la echó en el bol donde había puesto ya una taza de comida para perro. Se apoyó en la mesada esperando que se ablandara los granitos, miraba a través del ventanal el final del patio, en el césped, parejo y de altura perfecta para acariciar las plantas de los pies, los queltehues hacías sus nidos y protegían fieramente sus huevos de cualquiera que se les acercara, sobre todo si era Laika, que sin duda con su altura y voz era un peligro inminente. Miraba todo el trabajo constante y difícil que hacían esas aves por sus crías, era un gran sacrificio, que ni siquiera estaba asociado a sus propias vidas, sino que a la vida de alguien más, a la extensión de la especie, qué objetivo tan ulterior tenían. Se vio luego a ella misma, haciéndole comida a Jack, casi igual que si lo hiciera para un niño pequeño. El perro, escuchando el trajín de la cocina se había acercado despacito y sentado en sus cuartos traseros la miraba alzando el hocico, con la cabeza un poquito hacia el lado y unos ojos que le hablaban de amor. Cecilia se zambulló en esa conexión ancestral de humanos y perros, en ese instinto de supervivencia que generación tras generación los perros ayudaron a perpetuar acompañando a las tribus.

Su pequeña tribu eran ella y su mamá, la tribu de Charo, de cuatro grandes mujeres, tan pura en sus emociones se sostenía en base al sacrificio y al amor. ¿Cuántos sacrificios habría hecho su madre para sostenerlas? ¿Cuánto amor cabía para dar en ese pecho flaco? ¿De dónde había sacado las fuerzas para llevarlas a las dos hasta donde estaban y por qué carajos ahora retrocedía? ¿Por qué sacrificar todo el sacrificio? ¿Qué instinto ancestral la empujaba a los brazos de quién le causó dolor? ¿Y dónde quedaba ella?

Un aullido de pena la sacó de sus cavilaciones para mostrarle que la comida que le había dado a Jack estaba apenas olisqueada, él había tratado sin éxito de tragar, tampoco pasó la pastilla molida de analgésico. Ella lo miró fijo a los ojos y lo acarició, sacó una cuchara de las más chiquitas y trató de darle por lo menos la parte que tenía la pastilla, no podía ser que siguiera sin comer, ya eran demasiados días. Le daba una cucharadita de comida y otra de agua, así por casi media hora, con toda la paciencia que creía que no poseía le dio de comer al perro, podríamos decir que le estaba agarrando cariño. Lo logró y pocos minutos después el remedio hizo efecto en Jack, que dormía en su falda, como un bebé. A pesar de tanto amor, con el calor que hacía, decidió acomodarlo lentamente a los pies de la cama y con el aire acondicionado en marcha se dispusieron a ver una serie en Netflix. Eso era la gloria, pero igual algo le hacía ruido, Jack no estaba al 100% y ella, tampoco.

CAPÍTULO 9

Cuando la lobotomía de House of Cards tocaba su punto culmine, entrando al décimo capítulo, sonó la alarma que se había puesto para atender a Jack. Había pensado que sin ella jamás estaría pendiente de la medicación del perro, pero faltando poco para que sonara ya su corazón la hacía mirar la hora, como quien vigila el comienzo de algo importante.

El pequeño animal apenas si se había movido de su cuchita, se le notaba cansado. Ella había dejado algo de comida para ahora y cuando salió de la habitación a buscarla la golpeó la caliente realidad polvorienta en la que vivía por ahora. "Dios mío, pensó, esto no es humano, aire acondicionado y pileta deberían ser necesidades básicas en este lugar".

Al intentar que Jack comiera, nuevamente se negó, aulló de dolor al querer tragar. Esto no estaba bien. Buscó su celular y abrió el WP para comunicarse con el veterinario, así como cuando un problema igual te trae algo bueno. "Hola. Cm estás?" El visto estuvo en menos de dos segundos, alguien estaba aburrido, solo o ilusionado, o las tres cosas juntas. "Hola, bien y vos?". Y se largó la conversación fluida, así no más. "Más o menos, Jack no quiere comer". Dale, por eso me llamaste, que embole igual. "Y qué hace?". "Cuando quiere comer la papilla que me dijiste que le prepare no la traga y llora, siento que le duele y el tema es que así tampoco se toma la pastilla que le recetaste". El estado decía escribiendo, escribiendo, fue mucho tiempo de "escribiendo" y Cecilia ya estaba demasiado ansiosa, pero no se iba a dejar influenciar por eso. Al fin saltó la respuesta: "¿Qué te parece si voy a verlo?". Ella levantó las cejas casi hasta donde empieza el cuero cabelludo y una risita nerviosa escapó sola de su boca. "Sí, sería lo mejor, porque la verdad no sé qué hacer". "Estoy en mi casa, dame una media hora y llego". "¡¡¡Gracias!!!".

Media hora, se iba a cambiar, ¿o no? ¿Sería necesario? Bueno quién sabe, mejor sí se daba una duchita y se ponía el vestido hippie ese suelto que había traído. Cuando lo compró nunca se imaginó para qué ocasión lo podría usar, actualmente, pensaba, los vestidos son para momentos muy especiales; pero quizás como este era un vestido "paz y amor" podría ser para un momento "especial y relajado", le había gustado demasiado, amor a primera vista. Se sentía bella con su ropa, cómoda y espléndida, incluso podría decirse que le daba seguridad su vestido hasta los tobillos, con tiritas que lo sostenían desde los hombros, pasaban cerca de la piel hasta la cintura y después emigraban en gajos hasta el suelo, todo en juego de manchas alocadas de colores verde musgo, beige y blanco.

Fresca y radiante se instaló en la terraza de atrás, donde daba la sombra del gran sauce. Se sentía envuelta en una casa de mágicas paredes verdes y se quedó a esperar con Jack acurrucado en su falda. Qué magnífico pensaba, estar pegadita a este precioso animal y pensar que hace solo unos días jamás hubiera tolerado tanta cercanía de un perro.

—Hola, ¿cómo estás?— se asomó Marcos, que tenía la costumbre siempre de rodear las casas y entrar por la puerta trasera.

—Hola, bien, acá preocupada, miralo al pobre...— no esperó ni un minuto ella para entrar en tema.

—Uhhh, que caripela tiene... se dejará agarrar... parece que está muy enamorado y no es para menos— y me mando nomás pensó el veterinario.

—Te lo paso— respondió ella con algo de rubor en las mejillas y levantando con cuidado al pequeño Jack para pasarlo a sus brazos.

—¿Podemos entrar? Necesito una mesa o algo en altura para revisarlo cómodo, ¿dónde se puede?

—Vení, acá en la cocina justo hay un mantel de hule en la mesa, después lo desinfecto.

—Perfecto.

—¿Querés una limonada? Recién la hago.

—Sí, pero dejame primero que lo vea a él, hoy traje guantes eso sí, no me agarra más este loco.

—Jajajajaajajaj, lo mejor que pudiste haber hecho, hahahahahhjajajajaja.

Recién se conocían y ya tenían algo de qué reírse juntos, algo que era de ellos dos y de nadie más. Se podía sentir un aire azul que los envolvía y que con pequeños hilitos de luz los iba atando, en silencio, suavecito los iba juntando.

Marcos abrió la boca del animal con firmeza, sabiendo hasta donde podía forzar sin que a él le doliera.

—Tiene inflamada la lengua y las encías, sospecho que también la garganta, por ahora no puedo diagnosticar nada y vamos a empezar por descartar lo más simple inyectándole un calmante y desinflamatorio.

—Ahhh— respondió ella que no sabía qué hacer con tanto conocimiento nuevo — entonces no es tan grave, digamos, podría ser una faringitis y ya.

—Sí, podría decirse eso, una vez que se deshinche lo revisamos mejor y vemos qué pasa adentro, para saber si le damos los antibióticos.

—Y, ¿cuándo podemos saber eso?

—Tenemos que esperar unas horas, para que se deje revisar más profundo.

—¿Va a dormir toda la noche?

—No, el calmante no era tan fuerte.

—Entonces, mejor podés esperar así lo revisás ni bien se duerma — después de decir eso se arrepintió, ¡lo estaba invitando a quedarse! Lo hizo sin pensar, espontáneamente.

—Marcos se sorprendió, pero la chica le gustaba y no iba a desaprovechar esa pequeña ventana que se le abría gracias a Jack.

—Sí, puedo esperar… me parece que te enamoraste…
— lanzó pícaro.

—¿Eh?— frunció el ceño creyéndolo un engreído, casi arrepintiéndose de haberlo invitado a quedarse.

—Digo, parece que te enamoraste de Jack, de otro modo yo no estaría acá, ¿verdad?

—Jajaja, muy gracioso, pero la verdad es que sí. Es algo tan nuevo, tan distinto, me imagino que para vos debe ser re normal.

—Sí, no sé, para mí los animales son hermanos, crecí con ellos. Vos dijiste que siempre estabas en un departamento, que no podían tener mascota.

—Sí, algo así, más bien al principio vivíamos en una casa y mi papá odiaba a los animales, le pedí permiso varias veces y siempre la respuesta era no. Incluso cuando era el pedido de regalo de cumpleaños o Navidad— se le asomó una lagrimita que disimuló hábilmente.

—Qué pena, pero bueno ahora tenés a Jack y quizás ya que estás más crecidita podrías tener un animal que te acompañe sin pedir permiso.

—¿Te burlás de mí?

—No, no, no, para nada— respondió muy rápido el veterinario, haciendo uso al máximo de su encantadora voz.

—Ta bien, igual y mejor que no tuvimos perrito, una vez íbamos en la calle y cuando uno se acercó a jugar conmigo mi papá lo ahuyentó tan feo, que hasta me hubiera dado miedo la integridad del pobre que osara vivir en mi casa.

—Apaaaaaa, entonces mejor no tuviste mascota, ¿eh?

—¿Querés tomar algo mientras esperamos? Veamos qué hay… — dijo mientras se levantaba de la mesa y comenzaba a buscar en la alacena algo de qué echar mano.

—Sí, hay que hacer algo mientras esperamos, ¿qué tiene la Tuti?

—Ahh, chanchos amigos ustedes, ¿no?

—Sí, nos conocemos, ella tiene varios animales, a propósito ¿hizo su dieta el domingo el pececito?

—Sí, hizo la dieta, quedate tranquilo. ¿Querés vino? Mirá acá tiene este Toro de piedra, que es bien bueno.

—Pero un poco no más, que es día de semana.

—Toda la razón, yo que estoy de vacaciones, ni lo siento.

Sirvieron las copas y ya estaba cayendo la tarde, una tarde naranja, que los rodeaba en los humores de la conversación y el vino.

—¿Cuál es tu animal favorito? — lanzó ella para romper el hielo.

—Mmmm, creo que el elefante — respondió y alzó la vista suspirando, sumergiéndose en un profundo recuerdo, de esos que te han cambiado la vida.

—¿Por qué el elefante? ¿Alguna vez tuviste un elefante? — replicó ella en tono un tanto burlón.

—Bueno, cuando me recibí de veterinario, a un amigo le regalaron un auto, pero cuando salimos de la graduación mi papá me dio un sobre que tenía adentro pasajes para África.

—¡Nooo!— exclamó Cecilia con un asombro rayando la incredulidad.

—Tal cual, pero ellos son tan especiales, o sea no era uno de esos safaris donde está lleno de turistas en camiones jaula sacando fotos a los animales. No, ellos me regalaron una estadía de un mes en un refugio SOS de elefantes. Ahí no era un turista, era uno más, cuidando de los animales, bañándolos, aprendiendo de ellos junto a los nativos, compartiendo el amor que las crías pueden darle a quien las ama también.

—¡Qué emocionante! Debe ser una experiencia realmente profunda — estaba tan sorprendida, este hombre era sin duda una caja de sorpresas y ella quería escuchar más.

—Sí, ellos son tan inteligentes. Esas crías que se quedaron sin hogar por culpa de los cazadores te abrazan con su mirada, son extremadamente expresivos.

—Me imagino, bah, no, en realidad no me imagino nada, ¿tenés fotos?

—Ja, obvio, hay una que nunca borro del teléfono cuando descargo los archivos— sacó el teléfono del bolsillo, lo desbloqueó y deslizó el dedo índice hasta llegar a lo que buscaba— Mirá.— le dijo acercándole el celular.

Sin palabras, Cecilia enmudeció ante el paisaje, era un atardecer naranja, igual que el que presenciaban ahora, pero tan distinto, el sol se perdía en el horizonte plano de árboles pequeños y a un costado de la foto estaba Marcos sentado humildemente contemplando a los elefantes jugar en un pequeño charco de lodo. A ella le dio la sensación romántica de que él se perdía en el paisaje junto a los árboles, que se hacía parte de la vida de esos elefantes al darles su tiempo y admiración.

—Está increíble, ¿te quedaste mucho?

—Un mes, eso era, pero todavía apadrino a un elefante. Todos los meses mando plata y ellos me mandan fotos una vez al año. Si un día te venís a mi casa te las muestro.

—¿Querés comer algo?— desvió la conversación sintiendo que esto se le estaba yendo de las manos, llegando a instancias que no le eran confortables, los recelos para con los hombres eran mayores que sus deseos, no podía exponerse a un escenario que no era capaz de controlar.

—Sí, ya empieza a hacer hambre.

—Bueno, no soy una experta, pero tengo acá una caja de rissotto que no me ha fallado jamás.

—¿Cocina de caja? ¿De qué te alimentás en tu vida diaria?— se burló Marcos.

—De la comida que me hace mi mamá, como cualquier estudiante que se precie, gracias a Dios.

—Ahh, pensé que eras más grande, parecés más grande.

—Sé que me estás salameriando, pero bueno, es lo que hay ¿no?

—¿Qué estudias?

—Periodismo, de hecho, para el trabajo final de una materia me tocó cubrir una manifestación animalista, contra el maltrato y el abandono.

—¿Si? No sé la verdad qué pensar de esas manifestaciones, ¿creés que ayudan?

—No sé, cuando me mandaron me pareció una soberana pelotudez, todavía no tenía mascota— remató soltando una risita.

—Claro— le correspondió él giñando el ojo.— ¿Cómo va el rissotto? Tengo hambre.

En el comedor de diario marrón, tan marrón que los años 80 parecían arrebatarse el nuevo milenio, comieron el rissotto de caja, que les pareció maravilloso, "de trattoría".

CAPÍTULO 10

Incluso cuando había dado muchas vueltas en el duro colchón de la tía Tuti, al despertar, por primera vez en mucho tiempo no tuvo que detenerse por interminables minutos a pensar dónde estaba o quién era, fue agradable abrir los ojos y estar en plena consciencia de sí misma. La tranquilizó acariciar la posibilidad de abrir los ojos y recobrarse sin más, sin esa borrachera escalofriante de cada día. Algo se acomodaba, su Tetris le había regalado una L de las que te salvan justo antes de llegar al techo. Ahora Jack se sentía mejor, Laika se les había unido para acompañarlos en el desayuno tempranero y Tután salió brevemente de su ostracismo para mostrar un poco de solidaridad con su amigo perruno. Cecilia estaba animada y decidió salir a explorar el callejón del costado de la casa, era ya suficiente aire acondicionado y Netflix.

Sin saberlo o preverlo, la estudiante salió a su paseo a la mejor hora para caminar en calles de tierra. Temprano el polvo estaba húmedo y la sombra de los álamos la protegía de un sol rojizo y estridente. Los perros la perseguían, a momentos la rebasaban o se confundían con sus pies alegremente. El gusto a café que conservaba todavía en el paladar le traía recuerdos de su niñez. Cada mañana helada, al despertar, la invadía el clásico olor a café, un aroma sólido que se adueñaba de la cocina y de su nariz. Aunque su papá le repetía, como una letanía, que no tenía edad para café, ella poseía una fijación con el líquido negro de la taza que abrazaba su padre con los dedos. Pese a la prohibición férrea de Gerardo, algunas mañanas le robaba un sorbo a escondidas. En ese instante vedado arrugaba la nariz ante el negro amargor que corría desde los labios hasta la garganta, un trago apurado que se perdía en la panza vacía de las siete de la mañana. Los días que encontraban a Gerardo de buen humor y cuando él, a su juicio, consideraba que Cecilia había hecho todo bien, le regalaba un cuadradito de chocolate. El trago de café robado, combinado con el cuadradito de chocolate llevaban a la pequeña al cielo del sabor, un lugar donde podía olvidar a ese señor que sentado frente a ella no le dirigía la palabra más que para avisarle que debían irse ya o para retarla por no tener la máxima nota en el examen anterior.

El camino despejado y apacible del día anterior la llevó a repetir el paseo en esta nueva mañana de sol, el alboroto de los perros a su lado calmaba la sensación de soledad que no le era habitual y, en cierta forma, la incomodaba. Con sus ojos perdidos en el horizonte, que se expandía más allá de lo que para su vista era habitual, un chispazo de la mente le recordó a su mamá y en un mundo donde no hay casualidades y donde las energías se cruzan y transforman constantemente, sonó su teléfono: era Eugenia.

Dejó sonar el teléfono sin cortar la llamada, quizás así su madre pensaría que estaba aún durmiendo. Con cada nota del tono de llamada le subía más la sangre a la cabeza y desde el corazón le subían los recuerdos de las noches sin dormir escuchando los gritos de dolor de su madre; de los días en que se iba sola al colegio porque los moretones no le daban a su madre permiso de asomarse en público; los domingos que lloraron juntas por no saber dónde había amanecido Gerardo o incluso si había amanecido. Recuerdos que hasta ahora habían estado escondidos y que luego de la noticia del pololeo se habían escapado del inconsciente derrumbando gruesas paredes. Ahora vagaban en la lucidez del día, se paseaban impunemente junto a la vida diaria de la chica.

Buscaba en el fondo de su corazón el amor por su madre, intentaba abrazarla a la distancia para que el contacto físico le devolviera lo que sentía por ella hace solo unas semanas; sin embargo, lo único que obtenía era el eco de las palabras "estoy de novia con tu papá". Quería ser una serpiente en el camino árido del verano y mudar la piel, era la solución que se le ocurría para terminar con este odio horrible que la invadía y que se dirigía a la persona más importante de su vida.

Gloria Gaynor seguía cantando para avisarle que su madre la llamaba insistentemente, ella se hundía en la rabia. Volvió a la casa sin notar si los perros la habían seguido o no, sacó su computadora y redactó el comunicado de prensa que le había dado vueltas todos estos días:

"Mujer recae en relación amorosa viciada por violencia familiar

Mujer de 45 años recae en relación con su antiguo maltratador. Luego de diez años de liberación, Eugenia Señoretti retomó la relación con su ex esposo, Gerardo Cornejo, a quien dejase debido a reiterados actos de violencia física y psicológica contra ella y su hija menor de edad en aquel momento.

A pesar de ser un caso fuera de lo común, los expertos en psicología opinan que la recaída es un síntoma normal en este tipo de relaciones. El lapso prolongado entre el final de la relación y la recaída, en este caso, puede acarrear consecuencias graves, ya que la víctima ha olvidado el mecanismo perverso que se generaba entre ellos.

Si el victimario hubiese seguido un tratamiento psicológico adecuado y lo mantuviese hasta la fecha, tendríamos una esperanza de final feliz; sin embargo, desconocemos si esto fue así efectivamente."

—¿Cómo tan pelotuda mamá? ¿Cómo tanto?— le gritó Cecilia al viento mientras le daba un golpazo al teclado.

"Hija, ¡te sienta bien el campo! ¡Acordate de tu mamá! Acá enterrada en la ciudad…". Después de varios días de ley del hielo y frente a ese mensaje, consideró que por ese amor que había encontrado en el camino de tierra hacía unas horas tenía que responder. "¡Má! No sabés, uno de los perros de la tía Tuti está enfermo así que he estado cuidándolo día y noche, sin tiempo para nada. ¿Cómo andas?". "Bien, bien, te llamaba para contarte que papá me invitó a China. ¡Sííí! ¿Podés creer?". "Me alegro un montón ma, cuándo se van?" Eugenia estaba en línea, no separaba los ojos de la pantalla mientras se veía el "escribiendo…", la ansiedad por saber si el lazo con su hija se había roto o qué tan roto estaba era terrible. "Nos vamos en una semana, fue todo así diciendo y haciendo". "Ahhh me muero! Me tenés que traer cosas de allá jajajajaja" "Y comer de esos bichos raros que dan en la calle". No podía dejar de emocionarse por su madre, pero le saltaban a la mente todas las veces que Gerardo se había ido de viaje sin ella. Jamás la había invitado y Eugenia escuchaba hablar a las mujeres de los colegas de su marido sobre tal o cual conferencia en la playa o en Nueva York.

"¿Por qué ahora papá? ¿Qué estás buscando?". Cecilia volvió a leer el comunicado que acababa de redactar, la vista se detuvo justo en el párrafo donde consideraba el final feliz. "Ceci, nos vemos a la vuelta, creo que vamos a llegar juntas, vos del campo y yo de China, que tul". "Buen viaje ma, te quiero, besos". Ese último mensaje fue igual que cuando un niño encaja dos piezas de un rompecabezas de manera equivocada y para que se junten les pega un puñetazo, lo que escribió no encajaba con lo que estaba sintiendo y su corazón acusó el golpe.

Eugenia, entusiasmada por los mensajes del día anterior, decidió probar suerte y llamó una vez más, quería escuchar la voz de Cecilia. Su hija, que no había apaciguado su mente aún, apretó los labios, respiró sonoramente y, después de una semana y media, contestó:

—Hola mamá, ¿qué necesitas?

—Nada hijita, te quería escuchar.

—Me querés escuchar, ¿de verdad? Bueno, hasta hace unas semanas vos era mi ídola máxima, el ejemplo a seguir, por siempre jamás. Toda la vida, mientras sufríamos con los golpes del papá, sí porque a mí también me llegaban. ¿Vos creés que por ser chica no entendía nada? ¿Qué no me daba cuenta? Sí, me daba cuenta, pero nunca te dije, sentía que si te decía era para que sufrieras más y me cerraba cada vez más. Nunca le conté a nadie y cuando esa noche los vi y grité pensé que te iba a matar y yo sin vos me moría mami, yo creía que te había salvado. Nos fuimos y ahí te admiré por siempre, y ahora me venís a decir que estás de novia con Gerardo, porque ya ni me sale decirle papá a ese señor asqueroso, de-no-via. Por el amor de dios mamá, en qué mierda estabas pensando, hay diez mil millones de hombres dando vueltas por el universo y ¿vos volvés con el que te hizo re contra mil cagar? Francamente te me caíste mamá, ya no podemos ser más Thelma y Louise. Ja, ja, ja, que pena haber creído todo eso durante tanto tiempo, si me estabas mintiendo, y, lo peor de todo, te estabas mintiendo a vos misma.

Hubo un silencio en la línea, un vacío de los peores, porque en esos silencios del teléfono nunca se sabe si el otro sigue ahí.

—Voy a cortar mamá, no quiero hablarte más. Suerte en China con tu novio nuevo, espero que no le salgan por ahí las mañas viejas.

La adolescencia suele ser un momento de la vida muy determinista, no hay grises y uno se embarca en luchas a muerte por sus creencias. Cecilia estaba casi saliendo de ese período de búsqueda de la identidad y no daba el brazo a torcer, finalmente toda su vida la había pasado entre la guerra y la paz de sus padres, entre risas hacia afuera y llantos hacia adentro. No había sido educada para expresar sus emociones y ahora entendía que lo había hecho de la peor manera.

Esta vez no buscó una excusa, tuvo ganas y se fue a verla. Sabía que la Charo empezaba su turno a la tarde hoy, asique enfiló para el centro.

—Pasá Ceci, ¿cómo andá?

—Bien Charo, tranquila no más, ustedes cómo van con el calor.

—Y… queriendo, pero a la tardecita refresca y mejoramos, ¿viste al Marcos hoy?— los rodeos no eran el estilo de la Charo.

—No, para nada.

—Pero andá de capas caídas.

—Sí, imagínate que mi mamá se va a ir de viaje China con mi papá.

—Pero eso es bueno, son tus papás— trató de suavizar.

—No,— fue tajante Cecilia— ¿no te acordás de todo lo que te conté? ¿O te estás haciendo la loca?

—Perdoname, sí me acuerdo, me acuerdo, pasa que estoy con la cabeza en otra, mi vieja está otra vez mala de la circulación y más encima como tiene diabete es re difícil medicarla, porque por ahí le dan para la circulación y se me va a la mierda de la diabetes o sino al revés. No dan pie con bola los médico.

—Ay, vos con todo esto y yo te vengo con mis huevadas, la querés más que la mierda a tu vieja, ¿no?

—La amo a mi viejita linda, es la más jugada de todas, cuando mi viejo se murió allá en la capital, yo tenía unos cuatro años y nos escapamo de todo los que nos querían cobrar las deudas que dejó mi papá. Obvio que no teníamos ni un mango y lo poco que teníamos lo trajimos y mi mamá se la jugó por esta pensión, se la re jugó. Con decirte que al principio tenía que atender conmigo en el mostrador, que no me le despegaba de la falda de tan triste y huraña que andaba.

—¿Para tanto?

—Pero sí, no te digo, pasa que acá no se podía dejar de trabajar, para sacar adelante este boliche, que era lo único que nos mantenía en pie. La pobre las tenía que hacer toda, al principio no existía santa Glady, mi mamá cocinaba, hacía las piezas, atendía a la gente, toda las hacía la pobre, pulpo parecía, y no se rindió, se lo debo todo a ella — a pesar de las preocupaciones, los recuerdos le hacían brillar los ojos.

—¡Qué lindo Charo!, contame más, qué hacías cuando eras chica, cómo te divertías.

—De todo, si no parábamo con los vecinos, a veces también se venía el Raimundo con sus hermanos chico también en el verano, a veces había que ayudar en el bar, pero mi mamá decía que nadie ayudaba hasta que terminaba la tarea y eso era igual para todos. Porque pasa que acá en el pueblo había mucha pobreza, muchos chicos durmiendo en la calle y mi mamá los ayudaba a todos, a vece llegaban a vivir con nosotros un tiempo, pero las más de las veces no querían venir a dormir porque ya estaban acostumbrados a la calle. Me acuerdo uno que dormía en aquel árbol, ¿ves el árbol?— señaló Charito hacia una acacia de ramas gruesas que había en la esquina— ahí dormía el Betito, y lustraba botas en la plaza, ahí mi mamá lo conoció y se lo trajo. En un momento éramos tantos que mi mamá compraba la ropa por sacos, ponele compraba blue jeans y los iba sacado de la bolsa, el que te quedaba bien era el tuyo, hasta los calzones compraba así en bolsa. Si cuando estaban los primos sumábamos siete chicos, ¿sabés lo que es darles de comer a siete chicos?

—¿No te molestaba tanta invasión? ¿Ser tantos?

—¡Pa nada! Era lo mejor. A veces yo veo gente grande

que anda perdida, amargada. Ponele cuando voy a las fiestas de cumpleañitos a hacerlos reír todos los chicos se matan de la risa con mi show, los padres que están al fondo en cambio no todos se ríe, algunos se les nota que son más tímidos y no quieren que piensen que son cabros chicos; pero hay algunos que no se ríen porque no les sale y eso me parte corazón, chica, me parte el corazón, me imagino que están así porque cuando eran chicos lo pasaban mal. Pero nosotros lo pasábamos re bien, imaginate que cuando hacía calor en pleno enero mi mamá nos preparaba una canasta con queso, pan, dulce y nos ponía unas sandías, y así nos íbamos caminando por la línea hasta el río. Nos bañábamos toda la tarde, comíamos el picnic y cuando ya no dábamos más nos volvíamos. Caminábamos por la vía y los de Ferro no nos decían nada, porque mi abuelo era amigo de los de Ferro, imaginate que cuando se nos quemó todo construimos el bar con los fierros de las vías que no se usaban y los de Ferro nos regalaron— la Charo hablaba llena de gestos, con apasionada expresividad, usando las manos que parecían tener su propio discurso agitando el aire.— Pero la cosa es que como mi abuelo era amigo de los de Ferro no nos decían nada y si nos había sobrado queso y pan les dábamos y ellos nos traían en algún vagón todos apretados. A veces, hacía tanto calor que yo me ponía la sandía partida en la cabeza, huuuuu, qué fresquito que se sentía.

—Sos la más hermosa del mundo Charito— le salió del alma, porque se le había llenado de ese brillo amarillo que la Charo no mezquinaba jamás.— ¿Nos tomemos una cervecita?

—Mirá yo cuando estoy en la caja no tomo, sino se me sube a la cabeza y ahí se tiene que quedar la Glady con todo el trabajo— dijo con una risa bajita de complicidad — pero dale vos y yo te robo unos traguitos.

Estuvieron unas horas más en el bar, la Charo le iba señalando los personajes que llegaban al aperitivo, salidos de oficinas, construcciones o fábricas de salsa. Cecilia, que jamás tomaba demasiado en público, empinó los primeros tres cuartos de litro sin pestañear y con una ayuda mínima de su compañera. Ella se encargaba de hablarle, le iba contando las penas de cada uno de los asistentes del bar: el que engañaba a la mujer, el que no pagaba, el famosillo que estaba escondido en un rincón para que no llegaran las cámaras. Aunque no se crea, según la Charo, a este pueblo llegaban muchos famosos de la tele, incluso había uno que vivía acá al lado de su casa y jugaba con ella a las tacitas, porque ya de chico se le notaba el lado más femenino. Nunca quería jugar con el Raimundo, tampoco con la otra vecinita, Daniela, porque ella era más amachada. Jugaba con la Charo, se ponían tacos y los vestidos largos que les traía la señora Tere de la ropa usada, se pintaban y así servían el té en las tacitas de metal. Horas se quedaba el susodicho y ahora que estaba en la tele, todo flacucho y maquillado ni la pasaba a saludar, ni al padre venía a saludar.

Para esa altura del relato, el bar estaba ya encerrado en ese vapor húmedo y un poco asfixiante que flota cuando los peregrinos han tomado bastante y fumado otro tanto. La aspirante a periodista no tenía lo que algunos llaman "cultura alcohólica" y ese ambiente sumado a las varias cervezas la habían puesto alegre y corajuda.

—Démosle con otra cervecita Charo, ¡no nos vamos a quedar cojas!

—¿No estarás yendo muy rápido vos? Mejor otro día… ¿no te parece?

—Dale che, que hoy ando prendida — le rogó con una risita pícara.

—Pedite otra, pero yo ya no te ayudo más, tengo que estar atenta a mi vieja cuando me acueste— respondió Charo pensando que ya tenía suficiente con el tire y afloje de todos los días con los clientes y con su madre que la esperaba arriba. Con esta chiquita, ya resolvería más tarde qué hacer.— Pero decime una cosa, a mí me parece que vos viniste a contarme algo y nos fuimo por las ramas, hace casi dos semanas que estás por acá y esa cara la puedo leer como la palma de mi mano.

—No me aguanté Charo— susurró Cecilia dejando caer las lágrimas.

—¿No te aguantaste qué? ¿Qué es tan grave?

—No puedo ser comprensiva, no me sale, lo que está haciendo mi vieja está mal, se está metiendo en las patas de los caballos y no se da cuenta.

—¿Hablaste con ella?

—La mandé a la mierda, la mandé lo más lejos que pude, no doy más y encima le dije unas cosas horribles, cosas que no sé si se merecía, pero que las tenía tan guardadas. Era como vomitar por teléfono, te juro, estaba ciega — le temblaban las manos al hablar y la respiración se le cortaba por el esfuerzo de contener el llanto, que se cristalizaba en lágrimas cayendo silenciosamente por las mejillas hasta dar en la barra del bar.

—Calmate flaquita, a vece es necesario decir las cosa, aunque no lo hagamo de la mejor manera, siempre mejor afuera que adentro— le guiñó el ojo la Charo y logró una semisonrisa un poco alcoholizada de Cecilia.

Como la Charo no tomaba y ella sí, Cecilia terminó medio mareada, ya estaba alegre cuando vio el mensaje de Fanny: "Mañana llego a verte ingrata, me quedo una noche porque voy de camino a la playa, no acepto un no y no me importa que me clavés el visto. Besito." Pestañeó la joven, pero no había mucho que hacer, salvo irse a casa, culebreando aunque sea, para estar decente mañana.

CAPÍTULO 11

Se despertó de un salto, sentía la boca pastosa y la cabeza le bombeaba, como si alguien estuviese inyectando aire en su cerebro para hacerlo crecer, creyó que iba a explotar. "Fanny", pensó con desesperación.

Efectivamente su amiga llevaba casi una hora y media esperando en la parada de colectivo, se había dicho a sí misma que en media hora más se tomaba lo primero que pasara hacia la playa, incluso se dio el ánimo de irse a dedo, era imposible aguantar tanto en un pueblo como este, donde el color de las casas tenía el filtro del polvo eterno. Cuando llegó su amiga, Fanny ya tenía una cara que le llegaba al piso, ¿qué le pasaba a la Ceci?

—Me estaba por ir— saludó Fanny.

—Sí, te entiendo, perdoname, me quedé dormida, no sé qué me pasó, nunca me pasa— Cecilia titubeaba, no sabía cómo disculparse, jamás llegaba tarde a nada y menos a encontrarse con Fanny, siempre era ella quien tenía que esperar.

Se dieron un beso y un abrazo fuerte, llevaban varias semanas sin verse. Ahí Fanny entendió lo que pasaba.

—¡¡¡Te las pusiste todas guachita!!!— La carcajada le salió del alma, había tirado la chancleta en el pueblo su amiga y quería todos los detalles ya— ¿en qué andas Ceci?

—No te hagas la película tampoco, no fue gran cosa.

—Vos le bajás el perfil porque siempre te hacés la seria, ahora me vas a contar todo.

Después de un corto paseo en taxi se instalaron a desayunar en la casa, era obvio que ninguna de las dos lo había hecho.

—Fanny, ¿vos sabés qué sos en el horóscopo chino?

—Nunca me lo había planteado, creo que soy mono.

—Pasa que conocí a una mujer, a estas alturas una amiga, que me leyó lo que soy en el horóscopo chino y resulta que me sacó la ficha en menos de diez minutos.

—¿Vos de verdad creés en esas cosas?

—Mirá, yo no creía, pero resulta que la Charito me dijo que soy perro, que son fieles y muy serviciales, que perdonan siempre; pero que si el error es muy grande le cierran las puertas a quien lo hizo. También me dijo que los perros son muy testarudos y llevados a sus ideas y que defienden a su familia y amigos hasta la muerte, odian las injusticias, son reservados, les cuesta abrirse. No sé, sentí que me estaba describiendo a mí Fanny.

—Me quedo con lo último, hace dos años que nos conocemos y siento que sé muy poco de vos— Fanny, efectivamente, era mono en el horóscopo chino, ellos son muy intuitivos y son los que más conocen a sus pares por ser los más cercanos al hombre, son frontales y un poco sarcásticos a veces. Es difícil que hagan amigos, pero siempre un mono y un perro se llevarán bien.

Cecilia quedó congelada, ni siquiera pestañeaba, ella se sabía reservada y no consideraba que fuera molesto para los demás o una barrera en sus relaciones. Sin embargo, llevaba casi dos semanas en el campo y Charo ya conocía toda su vida, casi no le había escondido nada, incluso sabía mucho más de lo que Fanny llegaba a sospechar por los comentarios aislados que hubiera hecho en alguna charla un poco más distendida. Fanny agarró fuerza, hacía tiempo que quería entender mejor a su amiga y ella siempre le huía, contestaba con evasivas, cambiaba el tema o aparecía Lalo con una de sus estupideces y les cagaba la onda. Esta vez no se le escapaba, arremetió sin dejarla reaccionar.

—Vos creés que somos todos unos boludos, hay algo que estás escondiendo, se te nota en la frente o en los ojos que, aunque estén felices, siempre tienen algo de tristes.

—Wow, ¿perdón? No sé, me cuesta contar mis cosas, tengo unos fantasmas rondando que no me dejan respirar, siento que no avanzo.

—A lo mejor si lo contás, si le ponés palabras a eso que te pasa, podría dejar de doler tanto.— Fanny era dos años mayor que Cecilia, había dejado música porque se dio cuenta que era solo un hobby, no daba para más que una guitarreada de fogata, el conservatorio y la rigurosidad la superaban. Pero había aprendido bastante y sobre todo había crecido.— Además, después de dos años Ceci, casi que es una falta de respeto que yo no sepa de tu vida.

Este iba a ser el verano de la revelación eterna, no terminaba más de contar y contar lo que le había pasado, pero ya no tuvo remedio.

—¿De verdad querés saber? Bueno, te acordás que mis papás son separados— respiró profundo para darse valor e iniciar— cuando era chica mi papá le pegaba duro y parejo a mi vieja, para rematarla tampoco le pasaba plata suficiente y no la dejaba laburar — de nuevo había echado a correr la bolita, ahora solo tenía que seguir, la inercia del movimiento que no se cruza con ningún obstáculo ayudaría a no frenar su relato,— fueron muchos años igual, escondiendo golpizas a fuerza de consultas médicas carísimas, callándome a mí con regalos fuera de serie. En mi casa había como ciclos de paz y de guerra. Cuando había paz, mi viejo era amor puro, llegaba con flores, nos sacaba a pasear, trataba de pasar más tiempo con nosotras. Pero siempre a un periodo así, seguía la guerra, podía ser por cualquier cosa, porque mi mamá no había hecho la comida que le gustaba, porque había perdido al póker con los amigos, por quilombos de trabajo, siempre el desahogo de esos problemas gatillaba en que la surtiera a mi vieja. La verdad es que ellos se separaron cuando yo era muy chica, habré tenido unos 11 años ponele. De todas las veces que le pegaba yo no me daba cuenta, solo recuerdo tener una sensación de vivir por periodos en un ambiente electrizado, cargado de un aire pesado, comprimido, tenso. No sé, como angustiante el clima. Pero un día, una noche más bien, me despertaron los gritos y salí de mi pieza. Mi mamá estaba tirada en el piso y Gerardo le pegaba patadas por todo el cuerpo, estaba desfigurado, era otro hombre, no era mi papá. En el medio de mi confusión, lo único que pude hacer fue gritar, gritar, gritar y gritar fuerte. Él paró y finalmente fue la última vez. Ahí mis papás se separaron y comenzamos una vida nueva las dos.

—Qué fuerte Ceci, no me había imaginado que lo que te pasaba fuera tan intenso, tan triste. Te juro, tenés que haber sido muy valiente.

—Hay más…

—¿Todavía más?

—Antes de que me viniera para acá y justo después de lo que nos pasó con el taller de mierda ese, mi mamá me dijo que volvió con mi papá. ¿Podés creer? Diez años después, ella se pone de novia con mi viejo de nuevo. No entiendo cómo es posible, después de todo lo que nos hizo. Te juro que en ese momento no le dije nada, traté de ser civilizada y puse la mejor cara que pude. Me vine para acá y estuve casi dos semanas sin hablarle, le cortaba el teléfono, le clavé el visto en los WP. Pero ayer me rayé mal y cuando hablamos le dije todo lo que se me pasó por la cabeza, por eso después fui a lo de la Charo y me las puse todas.

Aunque sabía que Ceci era un poco quisquillosa con los abrazos, Fanny no frenó su impulso y la abrazó sobre los huevos revueltos y el café que ya estaban fríos. Al separarse se quedaron en silencio, mirando la nada, mirándose para adentro. La recién llegada se levantó, sacó del bolsillo una gomita para atarse el pelo mitad colorado y mitad negro y comenzó a calentar el café y los huevos. Ceci había pensado que al contarlo más veces comenzaría a normalizar su relato, que su historia ya sería algo de todos los días, como cuando los periodistas de verdad que ella admiraba contaban las crónicas policiales y pasaban de una a la otra sin inmutarse. Sin embargo, la vida real no parecía ser así y eso no se lo enseñaban en la escuela de periodismo ¿Qué personas había detrás de las noticias castastróficas que ella deseaba tan fervientemente cubrir? Ahora era ella, Cecilia Cornejo, era la protagonista del comunicado de prensa que había escrito y después de lograr contar por segunda vez su historia estaba devastada. Además, se agregaba lo mal que había tratado a su mamá.

—Comé algo, tenés que afirmar el estómago.— rompió suavemente el silencio su amiga.

—Gracias, sí voy a comer….

—¿Y ellos cómo se supone que están?

—Parece que bien, no sé, mi mamá siempre cuenta lo que le conviene. Pero imaginate que pasado mañana se van por 10 días a China. Mi viejo tiene que hacer unos negocios allá y la invitó, como nunca.

—Ah, va en serio. Bueno, yo conozco de casos en que los violentadores se han rehabilitado y pueden aprender a manejar su ira, resolver los problemas de otra manera.

—No me haría tantas ilusiones Fanny, vos no lo conocés, la evolución no le da para hacer una rehabilitación. No sé,— su rostro estaba inundado por la confusión— ya creo que no sé nada. Capaz el tipo se convirtió en otra persona y por eso mi mamá se enamoró de vuelta.

—Ahora, así como estás no podemos solucionar nada. Mostrame la pieza, me instalo y podemos ver en qué distraernos el resto del día en este pueblo… — no supo cómo calificarlo Fanny, es que sintió que su primer juicio podría no ser justo, había que darle una chance.

—Sí, te puedo hacer un tour por Macondo— dijo evocando a su ídolo para hacer una pequeña broma, algo era algo.

Cecilia llevó a Fanny al mismo callejón por el que había paseado los días anteriores, le explicó lo poco que había aprendido de árboles con el jardinero que pasó a ordenar todo por encargo de su tía. Fanny veía cómo las Converse se le iban llenando de polvo y eso que Cecilia le había dicho que era la hora justa porque no había guadal. No importaba, le era difícil recordar cuándo había visto tantos árboles juntos en un lugar abierto. Al llegar de vuelta a la casa concluyeron que necesitaban víveres, por lo tanto el tour por el pueblo fue obligatorio. No había mucho que mostrar, el lugar era pequeño y estaba concebido como todos los pueblos que comenzaron los españoles en América del Sur, un damero que nace en una plaza central y se expande como las ondas que provoca una piedra que ha caído en el agua. Alrededor de la plaza, como en todos lados, está la municipalidad, la iglesia y una de las escuelas. Cuando las chicas se asomaron a la plaza, vieron que había mucho movimiento. Por lo menos un centenar de trabajadores se afanaban en ordenar stands, un escenario gigante y juegos para niños. A decir verdad, Cecilia se la había pasado encerrada, solo iba al bar de la Charito y de ahí a su casa y en una sola oportunidad había ido al súper. No pudieron con su curiosidad y le preguntaron a uno de los trabajadores, que sin parar de caminar con las manos extremadamente cargadas, les explicó que esa era la semana del pueblo, los festejos empezaban hoy y seguían hasta el domingo. A la noche tocaba un grupo que a él no le gustaba mucho, pero que "al chico mío le gusta y él tiene la edad de ustedes, así que ustedes también lo deben conocer", dijo el señor alejándose en su mar de ocupaciones.

—¿Cuándo tenés que volver a tu casa?— disparó Fanny pensando que ya había pasado suficiente tiempo para que su amiga se calmara.

—En dos semanas llega la tía Tuti, supongo que me voy a quedar unos días con ella y después volveré a mi casa.

—Dos semanas más para respirar aire puro y descansar.

—O para ver qué voy a hacer con todo esto— dijo sin más Cecilia, sabiendo para qué lado iba Fanny.

—Bueno, algo así. ¿Tenías mucho miedo cuando eras chica?

—A veces pasaba todo inadvertido, solo me daba cuenta cuando aparecía mi mamá con los moretones. Otra veces, sentía los gritos desde mi pieza y por aquellos años me ponía unos walkman que me había regalado mi abuela para tratar de aislarme.

—¿Cuánta gente habrá como vos y tu vieja? Que no dicen nada, que se guardan las marcas hasta que las terminan matando.

—Sí, de grande, cuando empecé la facu, me di cuenta de todo lo que nos pudo haber pasado a mi mamá y a mí. Creo que por eso tengo tanta rabia de que haya vuelto con él.

—Mi mamá es trabajadora social y en el hospital se encarga de ayudar a mujeres que han sufrido violencia intrafamiliar. Ella dice que lo primero es comprenderlas, entender que todos esos años el hombre a su lado no solo fue quien la maltrataba, sino que también se encargó de ser una aspiradora que le fue chupando su autoestima, sus amigas, su seguridad y su confianza. Por eso les es tan difícil despegarse de estos hombres, creen que los necesitan, que sin ellos no son nada.

—¿Pero diez años después Fanny? ¡Diez años!

—Es cierto, capaz antes de entenderla a ella tenés que empezar por pensar qué te pasa a vos con todo lo que viviste, no creo que tu niñez haya sido fácil, por más que a veces no te dieras cuenta. Hay que sanar los corazones propios antes de poder comprender el dolor de los ajenos.

Esa noche previaron en la casa con unas cervecitas y de ahí salieron a la fiesta del pueblo, como les había dicho el señor. Resultó que ese hombre tenía toda la razón, la plaza estaba repleta de gente, había música y luces por todas partes. Las familias se paseaban llenas de niños saltando y gritando para pedir más golosinas, más rato en los juegos inflables y más gaseosas multicolores. Cecilia y Fanny, como cuando estaban en la universidad, formaban una pareja chiquita y variopinta. Cecilia con su pelo castaño y liso que le volaba con el aire que tiraban los inflables por el tubo del motor, su ropa de colores suaves, holgada y de caída pesada completaba una figura de carácter etéreo. Mientras que Fanny llevaba con seguridad su ropa negra y ajustada, jeans pegados al cuerpo con alguna que otra rotura por aquí y por allá, una remera de Los Ramones, las Converse negras con suela blanca y de corona el pelo rojo. Muchos de sus compañeros se preguntaban ¿por qué se habían hecho amigas? Fanny, a veces, también se lo preguntaba, sobre todo por lo cerrada que era Ceci. La razón era simple: se entendían y se respetaban sin preguntar mucho, y siempre estaban ahí cuando la otra lo necesitaba. En tres años de universidad y de amistad, hoy había sido la primera vez que Fanny demandaba algo más de lo que su amiga daba motus proprio. Sin embargo, ese apretón había sido una especie de alerta para Cecilia, una advertencia de la inminencia de un cambio que se hacía impostergable, si es que quería aceptarse algún día a sí misma, si es que ella quería seguir en la sociedad y no volverse una vieja huraña llena de gatos.

Casi a las doce de la noche, justo cuando ya pensaban en volver a casa, salió a escena Godwana. No era un grupo que muchos conociera, pero parece que el hijo del señor y ellas tenían un gusto musical en común: el reagge. Las melodías cadentes y llenas de paz las hacían moverse como banderas en lo más alto de un mástil. Era justo lo que necesitaban, buena música.

CAPÍTULO 12

A Eugenia jamás le habían gustado los teléfonos, cuando su padre trajo el primero a casa ella se asustaba muchísimo cada vez que sonaba. Mientras que otros niños corrían hacia el aparato presos de la curiosidad de su magia, ella escapaba hacia el lugar opuesto de la casa, el más alejado, temiendo que quizás el auricular se robara su voz. Hoy, tampoco le gustaban los teléfonos, su hija le había roto el corazón a través de uno.

Había abierto la parte de arriba del placar, que cubría toda una pared de su amplio dormitorio, para sacar la ropa de invierno necesaria para el viaje. Los abrigos y sweaters tenían un olor penetrante a ropa guardada, estacionada, que le tiró a Eugenia una cachetada feroz. Se acordó de cuando era pequeña y corría al altillo de su casa para salvarse de los enojos de su padre. Muchas veces tenemos algunos los recuerdos encadenados, atrapados bajo siete llaves y un día, cuando andamos desprotegidos, con la guardia baja, algo ínfimo, un detalle sin importancia, como el olor a ropa guardada, los libera y expande, los hace crecer hasta alcanzar su vieja plenitud en nuestra mente.

Durante su vida de casada con Gerardo, en los días más

crueles, mientras se consolaba mirando a su hija jugar, jamás se planteó que hubiese repetido la historia. Siempre pensó que su pequeña Cecilia no se daba cuenta de lo que ocurría. ¡Qué equivocada! Todo lo que acababa de oír por teléfono le daba vuelta en la cabeza y sentía como si algún cocinero, de esos famosos que salen en la tele, estuviera batiendo un merengue en su panza.

Con revoltijo de sentimientos y todo, siguió armando la valija, mientras sonaban de fondo los Weather Report, una banda que había muerto en 1986, pero que estaba en su corazón porque su tía Nélida, la mamá de Tuti, le había regalado el disco en su adolescencia. Desde ese día, Eugenia había iniciado su búsqueda en el mundo del jazz, un ritmo que amaba profundamente y la acompañaba de muy cerca.

Las notas la envuelven como un bosque sombrío de tentáculos verdes que ansían la luz, pero no la encuentran. Ella, llevada por las notas, corre en su mente por los rincones de la angustia que inconscientemente la obliga a morderse el labio inferior y le detiene la respiración. Por algunos minutos, su piel vuelve a oscurecerse por tantos moretones mientras sus pulmones se rompen por aguantar el aire. Justo entonces, la batería suena cortando a los vientos brujos y despertándola al aquí y ahora. Volvía a situarse en armar la valija para irse a China, al frío del otro hemisferio, al descubrimiento de las flores del cerezo y de una nueva y mejorada luna de miel. Esta sería otra valija.

Tenía a su lado una lista para no olvidar nada, pensó que

en China sería difícil encontrar cualquiera de sus cremas o enseres. La cama de dos plazas con acolchado de pequeñas flores románticas estaba completamente cubierta por la maleta y todo lo que esta contendría luego de verificar la lista. Esto de anotar todo era imprescindible, ya que tenía el vívido recuerdo de que a Gerardo le enfurecía que se olvidara las cosas. Aunque era probable que estuviese ante un nuevo Gerardo o eso era lo que ella quería creer. Siempre que le rondaban los momentos con su esposo se autoconvencía de que este era un nuevo novio, como él le había dicho "Esta vez será todo distinto", repetía todo el tiempo.

Al día siguiente el avión salía a las tres de la tarde, por eso se había pedido desde hoy libre para estar tranquila con los preparativos y llamó a su amiga Laura para que la ayudara con todo. Aunque más la había llamada para pasar los nervios, era la primera vez que viajaba con su… con Gerardo y quizás la cuarta o quinta vez que se subía a un avión, demasiado para resistir sola.

—Me reservé todo el día para vos, le dije al Nacho que no me joda con huevadas en el teléfono y a los chicos ya les dejé la comida en el microondas.

—Gracias por hacerte el rato, veo que dominás bien a las bestias — soltó una carcajada Eugenia.

—Sí, vos tranquila. ¿Tenés algo para picar? Estoy muerta de hambre.

—Sí, pasá para la cocina, hice Campari con naranja y tengo unos quesitos de lujo.

Mientras comían el aperitivo apoyadas en la isla de la cocina, transcurría ese primer momento en las conversaciones de las amigas cuando una sabe que le quiere preguntar algo importante a la otra, pero tiene que esperar a que fluya un poco el asunto. Es como cuando en las mañanas de invierno uno enciende el auto unos 5 minutos antes de comenzar a usarlo.

—Bueno, y ¿la Ceci qué dice de esta vuelta con Gerardo?

—Ah, te la tenías guardada.

—Aguanté todo lo que puede antes de preguntar, pero es inevitable amiga.

—Está re enojada, recién hoy me contestó el teléfono desde que se fue a cuidar la casa de la Tuti y me dijo de todo menos linda. La verdad nunca pensé que le iba a afectar tanto, después de todo, los chicos de padres separados siempre quieren que vuelvan a estar juntos.

—Que la inocencia te valga Euge, esa chica no es como cualquier tilinguita. Ella analiza todo.

—Sí, menos mal que llegaste porque estaba para el traste con todo lo que me dijo, es más, yo nunca me hubiese pensado que ella se acordaba de todo lo que me hacía Gerardo.

—Y, a veces me da la sensación que la que no se acuerda sos vos.

—¿Vas a empezar de vuelta Laura?

—Está bien, perdoname, soy tu amiga y te apoyo, de acá a la China, literal— se rieron con la ocurrencia y calmaron las aguas, que ya estaban empezando a ponerse turbias.

—¿Querés ver lo que me voy a llevar y me decís si me falta algo?

Entraron en la pieza de Eugenia, en la pared opuesta al placar, justo sobre la cama, se veía un cuadro gigante lleno de figuras abstractas en distintas materialidades, que lo invitaban a uno a quedarse horas inmerso en la imaginación de las formas y en los matices de los colores y texturas que ofrecía. Desde que se había separado, ese era el pasatiempo de esta secretaria, y su técnica y expresión creativa habían mejorado muchísimo con el tiempo y sobre todo con la práctica. El mundo de la pintura era su forma de exponer todo lo que le pasaba por dentro, de, como decía ella, mostrar las tripas sin que nadie se dé mucho cuenta.

—¿Este es nuevo?— cuestionó Laura señalando el cuadro.

—Sí, es el último que hice y la verdad me tiene muy conforme.

—¿Nunca pensaste en exponer y venderlos?

—¿Vos decís? ¿Alguien querrá esto?

—De más, son expresivos, fuertes y además decoran full.

—Gracias Lau, ahí veo a la vuelta. Pero mirá un poco, revisá y decime si me falta algo, aunque hice lista ya estoy mareada.

—A ver….— comenzó a escudriñar.

Después de recorrer la valija y lo que aún quedaba por meter en ella, Laura concluyó que lo único que faltaba ahí era un poco de lencería picante. ¿Cómo no lo había pensado? ¡Era el primer viaje romántico juntos!

—¿Vos decís? No tengo nada de nada.

—Almorcemos y vamos de shopping, todavía es temprano.

—Dale, toda la razón.

Las amigas terminaron el día lleno de complicidad y risas, de futurología feliz respecto del viaje y de la vida. Se pasearon alegres por las tiendas de lencería, escudriñaban las prendas con miradas pícaras y ambas se decidieron por conjuntos con encajes seductores y colores sugerentes, aunque concordaron en que la cédula de identidad ya no les permitía usar blanco y menos esos tan de moda colores pasteles que inundaban las vitrinas. Contagiada por la marea de positivismo, Eugenia incluso compró un juego de sábanas blancas de algodón egipcio, quizás después del viaje comenzara a pasar más tiempo en la casa de Gerardo y quería llevar algo para estrenar juntos. Aunque la verdad es que a Laura todo esto le olía mal, quizás fuera el instinto de supervivencia o quizás era muy mala, es que la redención de los pecados no era lo suyo.

Eugenia se acostó rendida y se dejó acariciar por las sábanas blancas de algodón. Los ojos se le entrecerraban del cansancio y unas lágrimas de mamá le desenfocaban la vista que tenía fija sobre su cuadro. En la profundidad de su sueño se vio caminando desnuda por el desierto, hacía un calor calcinante pero los pies no le quemaban y su cuerpo esbelto y aún joven recibía el sol de forma vivificante. Lejos se veía el mar, después del desierto venía la playa y ella se disponía a cruzarlo pacíficamente. Su caminata se prolongó hasta llegar al agua, allí no paró, siguió caminando de frente para adentrarse en las olas; sin embargo, la planta de sus pies comenzó a sangrar y a sentir punzadas penetrantes. El agua que había visto brillar a los lejos eran vidrios molidos que reflejaban la luz del sol. El desgarrador grito de dolor de su sueño la devolvió a la realidad de la noche. Volver a dormir fue una misión casi imposible.

CAPÍTULO 13

—¿El Lalo va a estar en la playa?— dijo Cecilia en medio de un bostezo de inicio de semana.

—¿Por qué? ¿Te gusta el Lalo?

—No sé, antes pensaba que sí. Después pensé que no, ahora no sé nada.

—Y si te gustaba, ¿por qué nunca lo pescaste cuando te rogó?

—Es verdad, estos días he pensado que fui bien mala. Con él, con vos, con mucha gente.

—¿Por qué mala? No te entiendo.

—Injusta, me cerré a todos y ustedes me daban toda la confianza del mundo. No sé, pienso que no fue recíproca la cosa. El Lalo andaba atrás mío como un perro callejero y por un lado eso alimentaba mi vanidad. Por el otro, nunca le di una oportunidad, tampoco le dije que no, lo dejé flotando, no sé cómo todavía me soporta.

—Bueno, ahora ya te lo perdiste, porque va a estar en la playa con Inés, una chica que estudia relaciones públicas y estuvo haciendo un electivo con nosotros, ¿te acordás cuando nosotros tomamos Arte Visual y vos nos miraste mal y te fuiste a Economía?

—Sí— rememoró esa decisión influida por su padre, que a duras penas la había dejado estudiar periodismo y hacía cuanto podía para llevarla hacia saberes "más rentables", como les decía él.

—Se llevan bien, lleva como tres meses haciéndole el viri-viri y ahora la quiere rematar en un atardecer en la playa.

—Qué bueno— suspiró un poco apagada por la noticia y cambió abruptamente de tema —junto la mesa y te acompaño al colectivo para que no lo pierdas. A todo esto, ¿vos vas a tocar el violín o te mandó la mamá de Lalo a vigilar?

—Jajajajaja— Fanny explotó en una carcajada, más por descomprimir que por la gracia real del chiste, que a estas alturas era viejo.

Caminaron juntas y en silencio las pocas cuadras hasta la parada, porque ni siquiera había un terminal de colectivos en Macondo. Cecilia no habló para no darle más chance a Fanny de seguir tirando del hilo y Fanny entendió que si preguntaba algo más se iba a ir todo a la mierda.

—¿Querés que el viernes pase a verte a la vuelta?

—No sé, pero si me hace falta te aviso.— En verdad no sabía si quería tener más compañía, o específicamente una compañera que la conocía y sabía bien dónde le dolía y cómo apretar justo ahí, en la llaga.

—Voy a estar con internet porque la cabaña que alquilamos está re buena, Inés tiene recursos, que tal la puntería de Lalo.

—Qué suerte la de Lalo.

—No sabés la nueva que me enteré de tu super ídolo

García Márquez.— Cambió abruptamente de tema Fanny, que siempre sabía cuándo terminar una batalla con su amiga.

—¿A ver?

—Le descubrieron que hace unos años le aceptó un regalito a Fidel Castro, bueno un regalito por decirlo de alguna forma, le aceptó una tremenda casa onda estancia de traficante colombiano, una de las que la revolución les había expropiado a los oligarcas.

—Que contrariedad…— alcanzó a decir Cecilia mientras sentía que se le iba un poquito más abajo su ídolo.

—Sí, aceptar tremendo regalo, tan cargado y de parte de la revolución. Todos tenemos nuestros mambos, no lo quiero justificar, pero vaya uno a saber cómo fue la cosa.

—Sí, uno nunca sabe…— se quedó en mutis, casi como el día en que te dicen que Papá Noel no existe.

—Mirá, el colectivo, ¡chau amiga!— con un apretado abrazo de rigor se despidieron y Fanny se subió apurada para no quedarse abajo.

Al volver donde la tía Tuti tomó una nueva ruta, un camino distinto del que había rayado las veces anteriores. Iba a paso de tortuga, le faltó poco para emular a esos niños pequeños que se ven en las películas pateando piedritas mientras se dirigen a ningún lado después de haberse peleado con el mejor amigo de aventuras. Pensaba en García Márquez, pensaba dónde cabían los escrúpulos y dónde las interpretaciones. ¿Podría ser que lo que para algunos fuese naturalmente bueno y correcto para otros fuera algo detestable? ¿Cabía lo negro adentro de lo blanco o se mezclaban para crear escalas de grises? ¿Cómo terminaba la batalla entre el bien y el mal dentro de cada uno de nosotros? ¿De qué manera se logra valorar lo bueno que ocurre entre medio de lo malo? Algunos días atrás había encontrado en las cosas de la tía Tuti uno de esos libros de frases y entre medio de tanta chimuchina había visto una de Víctor Hugo que decía "No hay malas hierbas ni hombres malos, solo hay malos cultivadores". Quizás viendo el lado correcto, todos podíamos ser buenos o ¿también todos podíamos ser malos?

Todas las casas, por varias cuadras, eran iguales. Este pueblo tenía un uniforme y era casas cuadradas, bajas, tan bajas que deba la impresión de que las habitaban enanos del bosque. Los frontis eran mohosos e invariablemente las puertas tenían colores extravagantes, verde manzana, fucsia, azul eléctrico; pero todo tenía una razón de ser: cada color correspondía a una oferta de pinturas descontinuadas de la ferretería del pueblo. Cecilia iba distraída, tratando de no pisar a las hormigas que se le cruzaban en filas ordenadas justo por donde ella pretendía pisar, cuando escuchó su voz:

—Me parece que te perdiste.

Primero se sobresaltó, no entendía que alguien se dirigiera a ella en un pueblo donde se suponía que no conocía a nadie y, a la vez, en una milésima de segundo comprendió que era verdad, estaba perdida.

—Si querés, te puedo llevar a tu casa, justo ahora voy para esa zona a ver unos puercoespines que están por tener cría y los dueños no quieren que se los coman, pero no saben cómo hacerle.

Cecilia seguía sin responder, miraba a Marcos con los ojos en blanco, como si su cerebro no pudiera conectar la cara, con la voz, con el mensaje que era inconfundiblemente para ella. Venía caminando tan ensimismada que le costó salir de ese estado.

—Gracias, la verdad me perdí. Fue bueno encontrarte.

—Sí, tenés cara de perdida, para serte sincero.

—¡Gracias por lo que me toca! ¿Vamos caminando o en tu camioneta?

—Caminemos, no necesito tanto equipo para evitar que la mamá puercoespín se coma a sus crías.

—¿Cómo es posible que una madre se coma sus crías? Es antinatural.

—No, solo protegen su espacio y su descendencia, es que el único escenario en el que la mamá puercoespín se come a sus crías es cuando los humanos las han tocado, ellas asocian el olor con otro animal y por ende con peligro de un depredador, finalmente se las comen por una buena causa. Quizás para nosotros como humanos es muy difícil de comprender esta realidad tan lejana.

—¿Vos decís onda yin y yag?

—Sí, si vos lo querés ver así, podríamos pensarlo como un equilibrio donde en todo lo malo hay algo bueno y en todo lo bueno hay algo malo.

—Hablando de lo bueno, ¿querés venir a la noche a

dar una vuelta conmigo a la fiesta del pueblo? El sábado se llenó, porque estaba Godwana y esta noche va a estar lleno de viejos porque viene el Trío los Panchos, pero igual seguro va a ser divertido.

—Sí, fuimos con una amiga que me vino a ver, estuvo bomba. Me parece re buena idea, pensé que terminaba ayer.

—No, hoy es el último día.

—Buenísimo, me parece brillante ir a ver al Trío los Panchos y comer papas fritas aceitosas en la fiesta del pueblo.

—Hecho, te paso a buscar tipín 9, no sé para cuánto tengo con estos recién nacidos.

CAPÍTULO 14

En vez de ver uno grupo de ancianitos vestidos de mexicanos con sus guitarrotas, al escenario subieron tres chicos de unos veinticinco años con jeans y remeras alusivas a la legalización de los inmigrantes mexicanos en Estados Unidos.

—Te das cuenta que sos un bestia— inquirió ella ante los personajes que subían al escenario.

—¿Yo, por qué?— se hizo el desentendido Marcos.

—Porque evidentemente este no es el trío Los Panchos, debe ser una especie de "tributo"— dijo en un tono de sabionda canchera Cecilia.

—Para el caso da igual, aunque veo mucha señora sesentona un poco decepcionada.

Mientras los integrantes del grupo agarraban sus grandes guitarras, en lo que parecía un collage montado en Adobe Ilustrator, las señoras se resignaban y la pareja del veterinario y la estudiante se acomodaban con sus conos de papas fritas para ver qué les deparaba esta noche que a todas luces era sorprendente. Una primera cita muy excéntrica, pensó Cecilia. Era su primera cita desde esa cita en un cumpleaños a los 13 años, algo que en vez de cita fue una especie de simulacro disparador de miedos y vergüenzas.

Cuando comenzó a sonar "Aquellos ojos verdes", con notas que agregaban algo de pop roquero a la versión original, Marcos se atrevió a rodear a su compañera con el brazo derecho. La noche se había puesto fresca y, por más que al principio fue escalofriante, el calor del abrazo fue reconfortante, aliviador. La banda de sonido de esa noche parecía estar hecha para los propósitos de Marcos, que se había puesto el objetivo de terminarla con un beso. Justo cuando la tenía acurrucadita, Los Pinches, que así se llamaba la banda tributo, rasgó las notas de "Quizás, quizás, quizás" recargado, no era un lento y romántico baile de salón, habían convertido la canción en un chachachá cadencioso, que obligaba más que invitaba al baile. Se desprendieron riendo para mover los huesos un poco. Las canciones eran cortas, como todas las de discos antiguos que tenían que meter varios singles en un disco de 78 RPM, por lo que rápidamente saltaron a "Sabor a mí", en la misma onda bailable. Ellos seguían en su mundo, inmersos en una burbuja que los aislaba de cuanto los rodeaba; desde afuera de la burbuja, una señora con los labios rojos y el pelo un poco morado por el tonalizador los miraba con anhelo, como descubriendo el amor que germinaba en ese preciso instante sin que ellos se dieran cuenta.

Para cuando el recital iba terminando ellos ya eran fanáticos de Los Pinches y su niñez escuchando radio les había permitido corear varios de los temas, aunque en algunos casos se sorprendieron porque creían que esta o aquella canción era de Luis Miguel. Estaban entregados a la música, al romance del que se habían burlado tanto de camino a la plaza y llegó el zarpazo. La última canción, la más esperada por todos e ignorada por ellos, fue la versión del trío de "Bésame mucho" y cayó por su propio peso el beso más dulce de todos, las bocas se juntaron suavemente, como se juntan el rocío y el pasto todas las mañanas de verano. Las mejillas podían sentir la respiración tibia y un poco nerviosa del otro, mientras las manos acercaban los cuerpos para intentar fundirlos. No era un beso desordenado, era como si siempre hubieran sabido lo que tenían que hacer el uno para el otro, entreabrir las bocas y mezclase armoniosamente, al ritmo de la canción, fue natural. Era natural que esto pasara, así estaba destinado.

La abuelita con el pelo morado los miraba de reojo satisfecha. Cecilia, aún dentro de la burbuja, sentía que se le iba a salir el corazón o que se iba a caer de tanto que se le tambaleaban las piernas. No era para menos con ese primer beso.

Después de Los Pinches venía algo así como el sorteo del barrio que mejor había decorado su sede vecinal; pero a los enamorados, ya convertidos en adolescentes de tomo y lomo, no les importó. Se compraron un par de helados de crema con galletitas de chocolate molidas y se fueron besando los helados, besándose ellos, hasta llegar a la casa de la Tuti.

—Bueno, nos estamos viendo— soltó Cecilia a modo de despedida, con una sonrisa en los labios que sospechaba que sería difícil de borrar.

—Sí, no vemos, o te llamo si querés— trató de amarrar Marcos para que no se le escabullera.

—Sí, nos hablamos. Chau, besos.

Primero no se podía dormir, había sido todo tan mágico, tan espontaneo y logró no pensar en nada más que en el momento que estaba viviendo. En la mañana, no se podía despertar, pero no era un sueño de gran cansancio, era ese sueño suave y meloso que nos plancha en la cama como gatos que no tienen mayor ambición que dormir (o dormitar) justo debajo del sol fresco de la madrugada.

No cabía en sí, necesitaba contarle todas estas emociones a alguien, y obvio no había mejor que Charo por esos días.

—Antes que me diga cualquier cosa, ya sé a lo que viniste — la bombardeó directo y sin decir ni hola Charo.

— Wow, ¿en serio? — contestó observando el panorama desierto de las ocho mesas del bar.

En verdad era raro ver el lugar así, hasta parecía más pequeño de tan vacío que estaba. Jamás, de todas las veces que había ido, se encontró con las mesas completamente vacías. Sin humo de cigarrillo podía ver el verdadero color de las paredes, que antes le parecían de un marrón creado por la grasa y el moho, ahora verde agua, suave y tranquilo. Había cuadros de algunos famosos que pasaron por el bar y sin tanta multitud logró distinguir que uno era el conductor del programa de moda y la otra una cantante pop famosa. Al resto de los que parecían ser famosos no los reconoció, quizás le pasara lo mismo que con el trío Los Panchos.

—¿Tan rápido vuelan las noticias?

—Y este es un pueblo chico nena, pasa que hoy vino Corina, una amiga de mi mamá que fue justo anoche a ver al trío Los Panchos, que al final no eran los panchos, pero después me contá eso. La cosa es que llegó ella toda ilusionada contando de una parejita de enamoraos, así y asá, y contaba que se dieron un beeeeeessooooooooo… y bueno con la descripción de la Cori era cosa de sumar do más do pa saber que eran ustede, digo vos y el Marcos.

—Sí, bueno — dijo sorprendida, pero sin dejar de flotar sobre su nube — la verdad es que eso te quería contar, pero se me adelantaron veo.

—Mirá, acá en el bar penan las alma, cerremo y subamo a mi casa. Así de paso conocés todo y si mi vieja se siente bien se nos suma para los mates.

—Dale— se sintió alagada por la invitación Cecilia.

Al comenzar a subir, las paredes estaban tapizadas de fotos de los shows de la payasa Pururú, algunas eran en blanco y negro. Había, también, fotos en lo que parecía ser un circo, quizás de la época en que Rosario Cándida Morales vivía en la ciudad. Pero lo más mágico de esa escalera cerrada, con paredes pintadas del mismo color que el bar y piso blanco con pintitas negras, era que estaba lleno de cintas de colores atadas a pequeños clavos. Había cientos de ellas y todas estaban escritas.

—¿Qué son esas cintas?

—Son deseo de toda la gente que sube por esta escalera, si yo te invito tenés derecho a un deseo. La tradición fue idea de mi mamá, es que cuando llegamos al pueblo yo estaba bastante triste y lo único que me gustaba de la casa era la escalera. Así que, ella decidió hacerla un lugar especial con las cintas de los deseos y, pa que no fueran solo los nuestro, cada persona que invitábamo tenía derecho a un deseo, durante todo esto año hemo invitado a mucha persona y eso me pone feliz.

—¡Es mágico!

—Vos también tenés derecho a tu deseo.

—¡Gracias!

Subieron y al paso estaba el minicomponente, de esos gigantescos de los años noventa, que Charo prendió sin mirar. Comenzó a sonar Joaquín Sabina a un volumen bastante alto, la canción preferida de Charo: Por el boulevard de los sueños rotos. Muchos días a la semana se levantaba preguntándose, igual que Joaquín, ¿quién supiera reír como llora Chabela?

La mesa estaba cubierta con un mantel a cuadros rojos, blancos y azules. Entre las dos acomodaron el pan amasado y la bandeja con la yerbera y la pava.

—No me gusta el sabor que le deja al mate el termo, es distinto.

—Sos mañosa Charo.

—Decime, cómo pasó todo anoche— inquirió ofreciendo el primer mate.

—No sé, fluyó no más, casi ni me di cuenta cuando estábamos bailando pegaditos los temas de Los Pinches y una cosa llevó a la otra. Imaginate que empezaron a cantar Bésame, ¡era inevitble!

—Jajajajaja — soltó su risa la Charo, entre feliz y burlona — que la inocencia te vaga piba, te salió color de rosas.

—No te rías de mí, fue mi primer beso Charo.

—Me dejá helada flaca, sos sorprendente. — dijo Charo por no decir que la sorprendía tanta inocencia toda junta en una persona tan flaquita, ella siempre había creído que las flaquitas eran las peores, así como ardillitas royéndolo todo frenéticamente.

—Te dije desde el principio que no se me daba bien esto de los hombres.

—A nadie se le da bien esto de los hombre, nena.

—¿Por qué lo decís?

—Y te veo entusiasmada y no quiero pincharte el globo, pero como vieja zorra te tengo que advertir.

Cecilia se puso en pose de alumna aplicada, no se quería perder nada de la sabiduría de esta mujer que parecía haberlo vivido todo. La Charo cebaba con azúcar y se acomodaba el pañuelo del cuello cada tanto, mientras las pulseras le sonaban con cada pitada del medio cigarrillo que fumaba cada quince minutos.

—Yo no solo me volví de la capital con el traje de payasa abajo del brazo, me volví con la pena en el corazón,— dejó caer una pausa al tiempo que entraba por la puerta negra de los recuerdos que desempolvamos muy a lo lejos— como te conté la otra vez, cuando llegué a la ciudá todo me invitaban y yo salía con todo, hasta que quise salir solo con uno.

—¿Y cómo era?

—Me tenía loca, andaba por las nube pensando en él todo el tiempo. Tenía el pelo largo, bueno en esa época casi todo tenían el pelo largo, moreno, los ojo negros, más negros que el carbón y un bigote finito. A veces, cuando hacía frío, se ponía una remera de cuello alto y ahí me mataba. No sé si era especial, pero yo estaba enamorada y era mi primer amor. Como era medio inocentona entonces no salía de noche, le decía que no cuando me invitaba a la discoteca al principio. Entonce salíamo a tomar helado, paseábamo por los parques verde y charlábamo por horas y horas.

—¡Qué lindo! Y ¿cuánto duraron?

—Bastante mese, a vece también íbamos al cine y después nos quedábamo sentados en el banco a la salida hablando sobre lo que había pasado en la peli. Teníamo vario amigos en común y después de unos dos meses de salir me animé a salir de noche, ya había empezado con el taller de clown y estaba más confiada en la ciudá. Mis amigos del taller, conocían a… pongámosle Alberto, no es su nombre, pero la verdad es que no lo quiero nombrar nunca más.

—¿Tanto así?

—Sí, fue terrible, me destrozó el corazón, creo que pa siempre.

—Nadie se muere de amor, Charo — dijo Cecilia sacando su ser más práctico, no sabía cómo consolarla.

—No sé, algo mío se fue para siempre.

—¿Pero cómo fue?

—No hablo mucho de eso, pero siento que te lo debo, vos me has confiao todo nena.

—Si querés me contás, sino no te preocupes Charo, te re entiendo.

—Me acuerdo como si fuera hoy, cuando estábamo solo todo era miel y rosas, pura dulzura, regalos, paseos, cartas de amor. Pero cuando estábamo con los amigo se portaba diferente, yo me sentía un poco como un adorno, como la chaqueta que había llevado él por si le hacía frío. Yo siempre me tomaba unas cuanta cervecita, pero no pasaba de ahí. Alberto seguía y seguía, casi que ni alguno de los chicos del grupo le alcanzaba a llevar el ritmo cuando se pasaba al fuerte, casi siempre era whisky. Despué, se me ponía cargoso en el camino a mi pensión. Yo se lo dejaba pasar porque estaba re enamorada, pero me ponía incómoda.

—Una se pone tan pava— acotó Cecilia, aunque no tenía ninguna experiencia, porque finalmente el amor estaba lleno de frases hechas.

—Es verdad, la cosa es que con el tiempo las tomatera eran cada vez más seguido. En esa época todo era muy descontrolao, había fiesta todo los días en la ciudá o, si no los días que teníamos taller, a la salida pasábamos por algún bar. Eso era lo más tranquilo que hacíamo. La primera vez que volví a ver a mi mamá fue la oportunidad de frenar un poco, en el pueblo me di cuenta lo acelerada que andaba.

—Jajaja, pero que exagerada, todos salimos de joda en la universidad.

—Sí, capaz me lo tomé muy a pecho, pero el impacto de la ciudá había sido muy fuerte.

—Cada uno se siente distinto. No sé qué decirte, qué pasó después. — No quería presionar, pero ahora la curiosidad la mataba.

—No cuento mucho esta historia, pero lo que pasó cuando llegué a la pensión me dejó de cama. La noche que llegaba, él tenía una fiesta y me invitó, como siempre se las puso toda y a la salida quería conmigo. Yo estaba enamorada, pero tampoco iba a andar entregando la flor así con él en pedo, enamorada sí, pero boluda nunca. — Sonrió por primera vez en todo este rato que habían estado hablando, le costaba sacar este recuerdo más que cualquier otro. Este recuerdo habitaba muy adentro y estaba siempre en carne viva, tapado apenas por una pequeña y débil cicatriz.— Le dije que no a Alberto, no quería que me tocara y me empezó a zamarrear, yo lo desconocí, no entendía qué estaba pasando, la persona que me acariciaba hacía alguno minutos, ahora me zamarreaba sin parar, me clavaba los dedos en mis brazos y con la fuerza que tenía yo no me podía defender. No fue esa la única vez, yo seguía enamorada y lo bancaba, trataba de entenderlo. Por aquello año también era medio normal eso, las chica de las fiestas a las que iba también aparecían moreteadas a vece.

—¡¿Y qué hiciste!? Eso es re grave.

—Lo peor de todo fue que en ese momento no me daba cuenta y esa es una de las cosas que más me duele de todo el tiempo que estuve en la ciudad. Me pasaban cosas re fuertes, pero no me daba cuenta, vivía el día a día.

—Yo siento que siempre me pasa eso, se me va el minuto, llego tarde a todo.

—Cuando una es chica es pava, después vas mejorando, jajajajaaj — volvió la risa clásica de la Charo y el CD de Sabina ya había dado la vuelta entera y con voz de arena se preguntaba de nuevo ¿Quién supiera reír como llora Chabela?

—Comamos algo, mirá este pancito calentito, ¿tu mamá no viene a merendar?

—Sí, la voy a buscar a la vieja así la conocés, te va a encantar.

Cecilia se sintió orgullosa de sí misma, por primera vez tenía algo de tacto y entendía a su amiga o a algún otro ser humano, quizás también debería tener tacto con su mamá.

CAPÍTULO 15

Cumplía quince días en la casa de la tía Tuti y estaba instaladísima, ya la comida de los animales no era un problema, por el contrario, ver correr a Laika hacia ella mientras servía la comida era una alegría, gozaba compartiendo con ellos. Incluso le había tomado cariño a Tután, tan arisco que era siempre y tan cariñoso que se ponía de repente. Estaba jugando con los perros sentada en el corredor que daba a la cocina, rodaba con Laika, que era la más grande y en ocasiones la podía, para luego quedarse echada en el piso recibiendo los lengüetazos de Jack en los cachetes, las manos, dejándose meter el hocico entre el pelo. No le importaba ensuciarse, era feliz.

Entró a buscar algo de café y paseando su vista por la casa se dio cuenta de que no había limpiado ni una vez desde que estaba allí, si bien había lavado los platos y había barrido un par de veces, no quería que llegara la tía Tuti y que su casa estuviese cochina. No se diga más, se puso a la obra de inmediato. Para no llenarse de polvo rodeó su largo pelo castaño con un pañuelo, una bandana roja que le encontró por ahí a la tía. Cuando se miró al espejo, mangas cortas arremangadas, pantalones cortos sueltos y la bandana, se largó a reí, parecía el afiche de "Yes, we can", ese con la mujer mostrado sus músculos y haciendo gala de su fuerza con una cara de lo más seria y concentrada, "Basta de mujeres con cafeteras en las manos" se debe haber planteado la fábrica de bombarderos que lo mandó a realizar. Rosie the Riveter, como le dicen algunos, empoderaba a las mujeres que trabajaban en una fábrica durante la segunda guerra mundial y quizás se revolvería en su tumba si viese a esta flacucha haciendo poses en el espejo. Sin duda, Cecilia necesitaba empoderarse para limpiar esta casa que ella describiría como enorme, en comparación con su departamento citadino.

Arrancó por la habitación que nadie usaba, estaba preparada para dos hermanas, se imaginaba Cecilia, porque tenía dos camas de plaza y media con acolchados alcoyana color crema y almohadones de color rosa viejo. La pared principal estaba ocupada en parte por una cómoda doble con seis cajones grandes y en su tablero la colección de joyeros de fierro y cajas de metal decoradas de su tía. Algunas estaban fileteadas, otras tenían unas pinturas estilo Bauer y algunas de las cajas tenían un borde de flores caladas de bronce y la superficie forrada en terciopelo verde o bordó. La colección parecía subrayar los cuadros de praderas de trigo y casitas pintorescas que colgaban para adornar la habitación. El panorama se completaba con las paredes pintadas de un verde agua casi imperceptible, pero que al fin y al cabo estaba ahí.

Cecilia había puesto a todo volumen el televisor del living con uno de esos canales en que pasan música de cierto tipo las veinticuatro horas del día, es que en la salida tempestuosa de su casa se había olvidado el iPad. Para ir a tono con su vestimenta retro, estaba escuchando el canal que se llamaba Best of '80, lo más retro que cabía en su joven mente. En un arrebato de Cyndi Lauper, pasó la mano muy fuerte por la cómoda y varias cajas cayeron. En el vuelo de la caída, saltaron cartas viejas por todo el piso. Había sobres de colores, algunas solo eran papeles sueltos y bien doblados, cuando las comenzó a recoger para ordenar notó un hato especialmente cuidado, eran varias cartas que se mantenían en un paquete con una cinta azul profundo. Se quedó sentada a lo indio mirando el revuelo, el piso fresco acariciaba ese hatito de cartas, sentía que la estaba llamado, o quizás era una excusa que se daba así misma para violar la propiedad privada en pos de alimentar su eterna curiosidad.

La primera carta era de la madre de Tuti para su abuela Olga.

Querida Olguita:

Hermanita mía, ¿cómo está tu vida con todos esos críos? Nosotras acá andamos como podemos, está dura la vida para conseguir plata. Pero me las arreglo con las costuras y los arreglos, ahora en el verano ya voy a empezar a tejer los encargos para el invierno que viene, tengo por ahí también unos vestiditos que me mandaron a hacer. La Tuti anda bien en el colegio, por lo menos eso, sino ya la hubiera mandado a trabajar a la nena.

¿Ustedes cómo andan? ¿El Benjamín está más calmado? Espero que sí, lo mismo te escribo para invitarte a que vengas este verano a pasar unos días, Olguita, para qué quedarse allá si los chicos ya salen del colegio en 15 días más. Venite, lo vamos a pasar re bien, los chicos salen un poco del apretujo de la ciudad y vos y yo charlamos de lo lindo.

¿Qué me decís?

¡¡¡Te quiero, besos!!!

Franchi

¿Qué le habría pasado al abuelo Benjamín que no estaba tranquilo? Cecilia se lo preguntaba mientras imaginaba cómo habrá sido aquel mundo sin internet, donde había que llevar las cartas al correo, comprar estampillas, lengüetearlas enteras para pegarlas al sobre y después confiar en la providencia para que la carta no se perdiera. Esperar semanas con calma era la tónica de la recepción de noticias, quizás pasara algún viajante y te contaba lo que había pasado un poco más allá, en el pueblo vecino. ¿Había cosas peores y mejores? Se preguntó la joven mientras acariciaba el sobre de la próxima carta. ¿Realmente unos momentos eran peores que otros, o era simplemente la añoranza por la seguridad del pasado en este inestable y vertiginoso presente? Siguió cuestionándose al pasar suavemente los dedos para reabrir el sello, vuelto a cerrar por la presión de tantos años guardado.

Querida Franchi,

Acá están mejores las aguas, en momentos de calma en los que aprovecho de mimar a los chicos con todo lo que mis recursos me permiten. Qué lindo tener noticias de ustedes, y también qué linda la invitación.

Le pregunté al Benjamín qué le parecía y me dejó llevarme a los chicos para el campo estas vacaciones. Yo creo que también tiene ganas de estar solo para salir de farra con los amigotes y hasta con la suelta esa que vive acá cerca de casa.

No importa, nos lo vamos a pasar en grande las dos. Entre el 15 y 18 llego a tu casa, apenas salgan los chicos del colegio te llamo desde el almacén de Don Josué y te aviso rapidito cuándo salimos para allá.

Te adoro hermanita de mi vida.

¡Besos!

Olguita

Querida Franchi,

Te agradezco infinitamente el tiempo que hemos pasado en tu casa este verano, ha sido un oasis en medio de la tormenta de la ciudad. Ni te imaginás cómo te extraño desde ya, y eso que hace solo tres días que llegamos. La Euge no hace más que preguntar por la Tuti y lo único que quiere es que la invitemos para acá en las vacaciones de invierno.

Yo, haciendo sola las cosas de la casa, me siento aburridísima y abandonada. Sobre todo después de los días pelando porotos y haciendo las conservas. Como lo suponía, cuando llegamos la casa era un desastre, un chiquero, este hombre no logra mover a un lado su propia mugre. No quiero ni darte detalles, que después se te cruza y no me vas a venir a ver.

Contame cómo te fue con la venta de las mermeladas que hicimos y si acaso ya estás con las costuras para los chicos que empiezan el colegio.

Sos un sol, nos vemos pronto.

Besos!

Olga

Querida Olga,

Qué bueno saber de ustedes, acá también los extrañamos horrores, la Tuti no ve la hora de que lleguen esas dichosas vacaciones de invierno y eso que las de verano todavía no terminan.

Mirá que sos idiota, y no tengo ya más manera de decírtelo Olguita, llegaste con un ojo moreteado y todos los brazos marcados, ¿vos crees que nadie se da cuenta? Nuestra pobre vieja me hacía señas y se le caían las lágrimas todos los días que se vino a pasar con nosotras. Yo no me compro las caídas, las dos somos educadas Olga. Yo no tengo mucha plata, pero el espacio que me dio el viejito está para las dos, esta casa es tan tuya como mía y sos bienvenida. Entiendo que los hombres de la familia con sus señoras me dan vuelta la cara porque dicen que una madre soltera es mala influencia para sus hijas tan de bien. Pero por lo menos Olga a mí nadie me manda ni me pega, a vos el Benja te pega y eso está mal, Olga, no es normal. Te ruego que te vengas a vivir conmigo y te lo tengo que decir en esta carta porque los 15 días que estuviste acá me evadiste el tema. Yo sé que tenés miedo, pero hacelo por los chicos también, ellos se dan cuenta de todo y no se merecen vivir así. Es mejor ser madre soltera que madre aporreada, acá vas a estar más tranquila, seguro encontramos algún trabajito y los chicos pueden ir al colegio junto con la Tuti.

Decime que aunque sea te lo vas a pensar. Sé que ya estás enojada, pero te digo todo esto porque te adoro con toda mi alma.

Te adora,

Franchi

Antes de terminar de leer Cecilia ya estaba llorando, experimentando una especie de rabia mezclada con tristeza e impotencia. No podía creer que su madre lo único que hacía era repetir la historia, no había aprendido nada ni de sus propias experiencias ni de las que había visto de su madre. ¿Era normal creer que tanto cachetazo y zamarreo era normal? Quería ponerse en los zapatos de sus ancestras, pero la sensación de ser todopoderosa y de poseer toda la sabiduría necesaria a sus cortos veintidós años no la dejaba. Lloraba sin cesar ante el descubrimiento que hizo, ante esa carta ya gastada por el tiempo y por alguien que parecía haberla leído cientos de veces, haberla arrugado y vuelto a planchar, haberla doblado y acariciado hasta que la tinta en algunos lugares se había salido y Cecilia tuvo que adivinar las letras que faltaban.

Querida Franchi,

No quisiera que hablemos más del tema del Benjamín, en todos los matrimonios pasan cosas peores o mejores, pero él me quiere y quiere lo mejor para nuestra familia, además no sé qué haría se le digo que me voy. Probablemente se iría atrás mío y te tocaría a vos también sin comerla ni beberla. La forma en que me podés ayudar es no tocando más el tema y recibiendomé a la Euge lo más que puedas, así la mantengo alejada de acá, ella que es mujer me parece que sufre más que los otros dos.

Nosotros comenzamos ya las clases y eso es bueno porque los chicos pasan así mucho tiempo afuera. Los días ya están más nubladitos y las señoras del barrio ya me han traído las telas para que les cosa los abrigos este invierno, me va a entrar una platita para las primeras enaguas de la Euge, esto contenta.

Hermana mía, yo sé que te preocupás por mí, quedate tranquila que acá como puedo me defiendo. El matrimonio es para siempre y así se van a quedar las cosas, vos siempre fuiste más rebelde, a mí no me alcanza. En este sobre te estoy mandando todas las últimas cartas que me escribiste, no quiero que me las encuentre el Benja, sería para peor.

Te adoro siempre,

Olga

Todos los domingos a la tarde que podían, por lo menos tres de los cuatro del mes, Eugenia y Cecilia iban a tomar la merienda a la casa de la abuela Olga. A veces, la más vieja de las tres las recibía en su casa con scones recién hechos y una maravillosa mesa de té puesta a la perfección. El recuerdo que tenía Cecilia era el de una mujer apacible y experimentada, que había gozado de una vida tranquila y que ahora fluía sin mochilas del pasado, sin recuerdos de tormentas, entre la cocina con aroma a chocolate y canela y el dormitorio con aroma a rosas. A veces, Cecilia probaba mirar fijamente a su abuela y en su imaginería de niña sentía que se iba a hundir en el remolino de los ojos verdes de Olga. Ese remolino era lo único que la inquietaba de su abuela, parecía que ahí se había quedado la tormenta alojada para siempre. Pero ese no era el recuerdo más vivo que tenía de niña, apenas llegaba a la casa en un barrio retirado de la ciudad se escabullía a lo que ella había bautizado el ropero mágico. Ahí adentro ella era quien quería, porque el lugar estaba repleto de retazos de todo tipo de telas. Eran los vestigios del pasado costurero de Olga, rasos, paños abrigados, tafetán blanco, puntillas de todos los anchos y calados, telas para mantel, lino, flores de tela para aplicaciones. Los domingos a la tarde de Cecilia eran mágicos. Su abuela, para ella, era el ser más encantador del universo. Al enigma de las telas que la envolvían y transportaban a mundos exóticos se sumaban las historias de la abuela. Eran millones las que le había contado, pero la que estaba más anclada en su memoria era Barba Azul. La tarde en que Olga se la contó era gris y prometía una llovizna eterna. Por primera vez, al llegar, habían encontrado a la abuela con los pasteles sin terminar y su cara de vergüenza la delató, tenía vergüenza de los años que le pasaban y le pesaban. Pero como su mente aún era joven, sentó a Cecilia en su falta, sobre el delantal verde musgo con flores rojas bordadas a mano, y comenzó la historia más impresionante que la pequeña jamás hubiese escuchado. Era el cuento de Barba Azul, este hombre extrañamente seductor y con grandes riquezas al que, por su barba azul, le costaba conseguir esposa. Se deshacía en promesas, invitaciones y halagos para las tres hermanas. Sin embargo, solo una de ellas, la menor, le creyó y accedió a casarse con él.

La abuela relataba la historia con una voz dulce, con palabras de miel. La niña, anidando sobre las piernas regordetas de Olga abría los ojos grandes, más grandes a cada una de las frases en las que la esposa se acercaba a la puerta que no debía abrir, tenía palpitaciones de ansiedad ante el descubrimiento del contenido del cuarto prohibido. En el momento en que la narradora develó qué era lo que había detrás de la puerta, la precipitada llegada de Barba Azul y el castigo asignado a la esposa, en la imaginación de la pequeña la cara de Barba Azul fue la cara de su padre, con unos diabólicos ojos chispeantes de ira, y luego de ese día lloró muchas noches, lloró desconsoladamente porque no tenía hermanos que la rescaten si su fantasía se volvía realidad. Ahora comprendía en su más profunda crudeza todo el horror que ocultaba esa casa tan luminosa y aireada, descubría la conexión entre su triste presente, su pasado cercano y el pasado de la abuela. Descubría que su vida estaba precedida por una estirpe de barbas azules, ¿lograría cortar el hilo conductor? ¿Debería probar o simplemente quedarse sola y arriesgarse?

Querida mamá,

Te extraño muchísimo, estas vacaciones en la ciudad están divertidas. La tía Olga nos ha llevado al centro varias veces y nos deja tomar helados de invierno a Euge y a mí. No nos deja tener obligaciones de la casa, lo único que nos pide es que charlemos y salgamos a pasear por el barrio.

Hago todo lo que puedo para distraer a la Euge, como vos me lo pediste. No entiendo bien qué pasa o a veces me pongo a pensar si es que he hecho algo malo, porque el tío Benja siempre anda de malas, con cara de enojado. Así que ando adivinando si lo hice bien o mal todo el tiempo, es un poco cansador eso. Igual si no es culpa mía y él es siempre así debe ser agotador para la tía Olga.

Nosotras siempre tenemos una excusa para escaparnos a comprar dulces, a comprarle más elástico para sus costuras a la tía, a dar una vuelta por la placita. No sé, se nos pasa más rápido y no sentimos nada de frío.

Bueno mamita, ahí la tía nos está llamando a comer así que ya dejo de escribir. En pocos días ya vas a venir a buscarme y nos vemos.

Un abrazo muy apretado.

Tuti

Ese invierno, Francisca, la hermana menor de Olga, la rebelde de la familia, se había apiadado y había enviado a su hija para sacar un poco de presión del ambiente. No sin miedo, pero con esperanza de que le hiciera las cosas un poco más llevaderas a Eugenia, que por esos días estaba entrando en la adolescencia. Seguro Tuti, que ya tenía los 16 años cumplidos, la iba a apañar y en caso de que ocurriera algo muy fuerte se sabría defender.

Cecilia había abierto una caja de Pandora, con pocas cartas empezó a atar cabos y a armar el mundo de su mamá cuando era niña. Seguro al llegar la tía Tuti le podía explicar un poco todo ese embrollo.

Las horas de vuelo fueron bastante agotadoras y aterradoras. Hacía demasiado tiempo que Eugenia no volaba y se le notó en todo momento, desde cómo recibía la comida de las asistentes de abordo hasta los ojos con expresión de animal entrando al matadero mientras carreteaban y alzaban vuelo.

Como se estaban quedando en el W Hotel, en Shanghái, los primeros días caminaba por la orilla del río, del lado del Pondong, la parte moderna de la ciudad. No le gustaba alejarse mucho por temor a perderse y luego no poder comunicarse con alguien para que la ayude, aunque tenía una aplicación que le servía de traductor, no confiaba mucho en ella y, a decir verdad, tampoco en sí misma.

El cuarto día se atrevió a ir un poco más allá y le pidió indicaciones a Huan Yue, uno de los recepcionistas, que era la única persona que sabía español en kilómetros a la redonda y además quería practicarlo. Él le explicó cómo salir del hotel e ir hacia Puji, la parte antigua de la ciudad. Sin darse cuenta, se fue con su mejor pinta de turista, no importaba, Gerardo había dicho que Shanghái era muy segura. A medida que avanzaba, los edificios del tamaño de la planta de habichuelas mágicas de Juanito se fueron achicando. Era como estar tomando la poción para agrandarse de Alicia, ella se volvía en proporción más grande con cada cuadra que caminaba; las casas se hacían más pequeñas y cambiaban el vidrio por el cemento, los marcos metálicos por los de madera y los techos rectos por los de dos aguas y tejas verdes. Repentinamente, se encontró en la "la concesión francesa", un barrio muy antiguo de la ciudad, que no aparecía en el mapa y estaba hecho con materiales traídos de Francia. Allí no había carteles luminosos ni tiendas enormes, estaba lleno de cafés y restoranes pequeños con más visitantes locales que turistas. Eso fue un alivio, Eugenia descansó de la rapidez de la ciudad y se divirtió viendo a jóvenes parejas sacarse sus fotos de matrimonio en las calles de árboles pelados por el frío. El recepcionista con el que había hablado todos estos días en que Gerardo mantenía reunión tras reunión de negocios, le dijo que el matrimonio era diferente en China, las personas muchas veces no estaban enamoradas; pero se casaban porque sus padres les habían arreglado el matrimonio o simplemente porque era un buen negocio hacerlo. En algunos casos, los padres obligaban a los hijos a casarse con quien fuese, para asegurar un futuro próspero y sobre todo porque es una maldición, tanto para hombres como mujeres, llegar a los treinta años solteros.

Después de la primera salida, que su novio consideró un riesgo innecesario, Eugenia desató su curiosidad y comenzó a andar por barrios menos frecuentados por turistas, todos ellos del lado antiguo de la ciudad. No entendía a nadie, pero en base a señas y muecas se comunicaba con vendedoras de los puestos para pedir dumpling y dulces chinos, también logró comprar bastantes grillos con el afán de liberarlos unas cuadras después, era sabido que se los iban a comer.

La mayoría de las noches salía a cenar junto con Gerardo, la invitó a restaurantes muy elegantes, llenos de pequeños detalles que hacen de la comida una experiencia formidable. Una de las noches, fueron al rascacielos más alto de la ciudad, en el piso 68 estaba el mirador, que les ofrecía Shanghái a sus pies. Ellos estaban en la cima del mundo y allí abajo corrían de un lado a otro a toda velocidad las hormigas con sus pequeñas lucecitas brillantes. Observaban el espectáculo abrazados, dándose calor en este repentino invierno que los asaltaba en esta parte del mundo, cuando Gerardo rompió el hielo:

—Euge, me gustaría que vivamos juntos.

Dicen que los segundos en los que uno duda son esos en los que en mayor claridad mental se encuentra. El no poder afrontar una pregunta trascendental de forma rápida y clara es señal de que falta seguridad o madurez respecto del tema. Es algo, dicho en el idioma de las abuelitas, que no haz "masticado" lo suficiente o que tus entrañas no desean con todas sus fuerzas, incluso algo de lo que quizás estés buscando huir. Eugenia no pudo decir ni que sí ni que no, se quedó paralizada siguiendo las luces rojas que culebreaban la autopista como un solo rayo eterno, en vez de como miles de puntos individuales.

—No lo sé, Gerardo— acertó a responder después de unos aparentemente eternos 20 segundos.

—Pensalo— devolvió él en tono entre comprensivo e imperativo.

Volvieron al hotel silenciosamente, ninguno dijo una sola palabra sobre nada. Incluso cuando empezó a lloviznar, cosa bastante frecuente en Shanghái, se quedaron callados. Ese diálogo tan pequeño había instalado entre los dos una cortina transparente, que los mantenía visibles y comunicados el uno con el otro pero que a la vez los separaba.

El sexto día Eugenia pensó que diez días eran mucho; sin embargo, no quiso perder el tiempo encerrada en su habitación, aunque esta fuera lujosa y con una vista privilegiada de Pudong, sus edificios apoteósicos decorados por su guinda, la torre de televisión que ellos llaman la Perla de Oriente. Antes de salir a recorrer y por recomendación de su amigo Huan Yue, se puso una máscara para respirar relativamente bien en su paseo por una de las ciudades más contaminadas del mundo. La noche anterior la había dejado con un torbellino en el alma, con uno de esos nudos que se forman entre la garganta y la boca del estómago y son de lo más difícil de desatar. No sabía qué estaba fuera de lugar, necesitaba calma y la fue a buscar a Yuyuan, el jardín de la calma. Había leído sobre él durante las 15 horas que pasó en el avión y le pareció muy romántico que fuera construido por un ciudadano para regalárselo a sus padres, para que ellos tuvieran un espacio de tranquilidad y disfrutaran sus últimos años de vida. Al entrar a este famoso jardín entendió la frase que se repetía en todos los sitios de viajes, libros, blogs y demás: "Shanghái es una ciudad de contrastes", pasó del centro bullicioso y repleto de malos conductores tocando bocina a un espacio exuberante, lleno de pequeños detalles que hacían gozar a todos los sentidos. La vegetación completaba, exaltaba y sobresalía en cada rincón, desde helechos creciendo entre las rocas hasta sauces enormes que acariciaban el agua para saludar a las carpas sobrealimentadas y anaranjadas. Antes de seguir se quitó la máscara, pensó que aquel campo de fuerza verde la protegería de tanto smog.

Una vez que cruzó el puente en zigzag, para espantar a los malos espíritus, se sentó muy cerca de la gran piedra de Jade. Jamás había visto una tan grande, según el folleto que encontró a la entrada, la roca medía más de tres metros de alto. Eugenia solo se quedó allí, esperando que el Jade le traspasara la tranquilidad y la claridad que necesitaba su corazón. Quizás algo consiguió, porque volvió al hotel con la sensación de estar un milímetro sobre el piso, liviana, con energía para todo.

Esa noche quería borrar el sentimiento de ayer y decidió esperar a Gerardo con algo especial. Entró en la habitación del hotel, casi grande como un departamento, y la recorrió con la mirada, sus ventanales de extremo a extremo que le mostraban el mejor ejemplo del progreso mundial, el comedor con una finísima lámpara roja y el biombo calado y pintado con motivos dorados que separaba este espacio de aquel que ocupaba la cama. Todo era opulento allí dentro, el color dorado, el negro y el rojo se combinaban equilibradamente para lograr la sensación de estar en un palacio real, en la legendaria ciudad prohibida. Ella decidió que iba a usar el exotismo a su favor. Abrió la aplicación del traductor del teléfono para tener una idea del menú y pidió que arreglaran la habitación con flores y una mesa romántica. No escatimó, él le había dicho que pidiese todo lo que quisiera siempre y lo iba a sorprender.

Su antiguo/nuevo novio iba a llegar a las nueve, así que tuvo tiempo de arreglarse con uno de los vestidos típicos que consiguió en el mercado y se pintó como vio hacerlo a una de las locales en las mismas tiendas. Abajo del vestido, estrenaba la lencería que había comprado con Laura antes de venirse de viaje. Ordenaba todo una y otra vez, movía un poco las cortinas, las volvía a acomodar, se paseaba por la habitación, simplemente no podía quedarse quieta. Esta iba a ser la noche más romántica en mucho tiempo y a ella le estaba costando calmarse y esperar, miraba la hora y se miraba al espejo sin cesar.

Gerardo abrió con su tarjeta, por eso Eugenia no lo vio mientras se miraba al espejo de frente y de costado para escudriñar si todo estaba bien, si todo seguía en su lugar. Él se quedó petrificado, viendo a esta menuda mujer occidental luciendo su kimono en este espacio que seguramente ella había hecho más cálido y hogareño con las luces tenues y las flores.

—Estás muy bella— dijo a modo de saludo, con lo que la sorprendió justo cuando se retocaba la pintura roja de los labios.

Ella tembló por el susto inicial de saberse acompañada de repente, pero recobró la compostura y se volvió a él para saludarlo con un beso dulce y suave, un beso de esos en los que uno junta todo el amor que siente por la otra persona y trata de traspasarlo a través de los labios con una especie de trasmisión eléctrica que corriese de un cuerpo al otro. Eugenia seguía enamorada, él también parecía estarlo, porque le correspondió su beso a lo galán de cine, a lo soldado volviendo de la guerra. Durante la cena, ella no paraba de hablar de todas las aventuras que había vivido los últimos ocho días en Shanghái, los templos que vio, las personas del lugar haciendo ejercicio en las plazas y las niñas saltado por las calles, igualitas a las de los dibujos animados que veía Cecilia cuando chica.

Con todo el sake que tomaron en la comida y en el postre, ambos tenían las mejillas rojas y la risa fácil. Cada vez que aparecía una canción con buen ritmo, se paraban para balancearse muy descoordinadamente, pero con la mayor de las felicidades. Los bailes eran cada vez más cerca de la cama, hasta que la flaquita Eugenia, envalentonada por todo el coraje que había tomado durante el día y el alcohol que había tomado en la noche, lo empujó a la cama y empezó a bailarle siguiendo el compás de una canción extremadamente aguda que salía de los parlantes. Jamás había hecho algo parecido, así que los movimientos más que sexis eran grotescos y bastante rígidos. Sin embargo, lo estaba disfrutando, se había creído el cuento y ya se desataba los nudos del kimono, de a poco para agregar más misterio.

Con su cabeza en la almohada, Gerardo presenciaba este show privado con un poco de desconcierto, ¿esta era la mujer con la que se había casado hacía más de veinte años?

Contorneando las caderas, luego de lanzarle una mirada incitadora a su novio, Eugenia se dio vuelta y se bajó la ropa a la altura de los hombros, ya se sospechaba algo de la lencería roja y negra que estaba estrenando. Como lo había visto en una película y planeado durante el día, se escondió detrás del biombo y le mostró de a una sus delgadas pero fuertes piernas, que traía bronceadas desde el hemisferio sur. Para el gran final, apareció solo con su ropa interior roja y de encajes negros, unos tacos altísimos con los que se equilibraba moviendo las caderas exageradamente.

En su semiborrachera y con la vista nublada por el sake, Gerardo la confundió con una de las cientos de strippers por las que había pagado toda su vida. Saltó sobre Eugenia y la agarró de los brazos, como si fuera una niña que ha hecho algo terrible, para zamarrearle con todas sus fuerzas mientras le gritaba "¡Pará de hacerte la puta! ¡Pará!" El cuerpo de Eugenia se sacudía como un árbol al que están talando entre varios leñadores, su cerebro no lograba realizar la transición del momento que creía que estaba viviendo a lo que en realidad estaba ocurriendo.

—¿Te creés que esto me va a gustar? ¡¿O esta es tu verdadera cara puta de mierdaaa?!— continuó gritando Gerardo.

Con la seguridad y la fuerza que da la impunidad a los criminales la arrastró hasta el baño y la metió en la tina de agua fría, le cerró la puerta a riesgo de romperla y se fue.

Eugenia temblaba en la bañera, le caían las lágrimas trazando surcos negros en el polvo blanco que se había puesto en las mejillas para imitar a las geishas. No notaba el frío del agua en aquel inverno chino, solo sentía una mano destrozando, hilacha por hilacha, los músculos de su corazón, que ya no parecía distribuir sangre por su cuerpo sino solo perderla a chorros.

CAPÍTULO 17

Puso el mantel con girasoles, que inexplicablemente se había vuelto su favorito, y acomodó la manteca, la mermelada, el pan calentito y un sartén chiquito con huevos. Se volvió a la cafetera para servirse en la taza más grande que encontró y la llenó hasta el tope de café justo antes de sentarse a la mesa, no le gustaba el café frío y tampoco las tazas a medias. Era un desayuno tranquilo, más arreglado y con más cosas ricas que el resto de la semana. Solo le faltaba su mamá para que fuera como el que comían juntas los domingos.

Jack empezó a ladrar con las orejas paradas, estaba en guardia, para que se calmara Cecilia le ofreció las migas de pan que ella no se comería. Sonó el timbre y ella entendió la tensión del perro, era raro porque no esperaba a nadie.

—¿Te echaron de la cabaña?

—No, pero creo que soy una mala violinista, así que me volví para acá.

—Pasá, estoy desayunando.

—Mi olfato no me falla, qué hiciste.

Fanny se había hartado de ser el mal tercio de las vacaciones románticas de Lalo y su nueva amigovia, por eso se volvió de la playa y, como sabía que si preguntaba Cecilia le iba a decir que no hacía falta que pasara, no preguntó y llegó como peludo de regalo, tocando la puerta con las manos vacías. Dio lo mismo, el momento era el indicado. Su amiga, la ostra como le había puesto por lo cerrada que era, necesitaba algo de compañía humana.

Desayunaron el banquete charlando, de la playa, del veterinario, de los perros, de lo que se venía este año con la facultad… las cejas se arqueaban, de vez en cuando cayó alguna miga por las comisuras que se desplegaban entre las carcajadas. Terminaron la sobremesa a eso de las doce, justo para ir a la feria. Charo le había dicho a Cecilia que eran buenas las verduras, que había de todo allá y la chica pensó que sería bueno recibir a la tía Tuti con algo de comida fresca. No quería parecer una adolescente tardía que solo había comido pizza durante casi un mes, aunque no había estado lejos. Salieron las dos amigas, una casi hippie y la otra medio rollinga, con un carrito de abuela camino para la feria.

— ¿Cómo va la bronca?— disparó Fanny ya sin pudor después de la última vez que se habían visto.

— Igual no más, o quizás un poco peor, no sabría cómo calificarlo.

— Explayate.

Cecilia le detalló a su amiga todo lo que había leído en las cartas entre su abuela y su tía abuela, ¿qué clase de vida llevaba su mamá de joven? ¿Qué clase de niñez había tenido?

—¿Alguna vez le preguntaste a tu vieja sobre su niñez? ¿Ella te contaba algo?

—Sí, pero cuando vi las cartas me cayó la ficha de que solo me contaba de sus veranos en el campo con su prima, jamás dijo nada sobre su vida cotidiana.

Mientras conversaban, llegaron caminando lentamente a una calle pequeña, paralela a la calle principal del pueblo. Ahí estaba montada la feria con, por lo menos, cuatro cuadras de toldos de mediasombra que albergaban todo tipo de mercadería. Algunos tenían verduras y como ya apretaba el calor del medio día también tenían moscas. Otros tenían ropa de segunda mano, o vintage como le dicen ahora. No faltaban los puestos inundados de artículos chinos, de esos que se ven en los canales de TVCompras y que no compraste porque te dio flojera llamar y esperar a que llegaran. Las chicas tuvieron que darse la mano para que la multitud no las separara, los adultos gritaban precios y sacaban billetes de los bolsillos como si en eso se les fuera la vida y los niños corrían a su alrededor pidiendo helados, juguetes y haciendo fuerza para irse a jugar a un lugar más espacioso. Muchos de los más pequeños reclamaban a viva voz y señalaban en la misma dirección, cuando Cecilia miró el punto allí estaba la Charo con su traje de pollera multicolor, grandes mangas globo moradas y medias rojas y negras. En gloria y majestad estaba la payasa Pururú, vendiendo globos con formas y sacando sonrisas a una veintena de niños.

—¡Mirá! Allá está la Charo, ella es Fanny, ella es— gritaba emocionada Cecilia codeando a Fanny mientras agitaba la mano para tratar de saludar a la payasa, que nunca la vio entre tanta gente que había y que las arrastraba a su antojo.

—Ceci, comprá rápido lo que quieras que necesitamos salir de acá. Me estoy asfixiando, lo mío no son las masas.

Cecilia terminó con la provisión de vegetales y ambas, de la mano para no perderse una de la otra, comenzaron a buscar la salida más rápida. En el medio de la huida y sin verlo venir Ceci chocó de lleno con Marcos.

—Tantas lunas… ¿te olvidaste de mí?— sentenció de inmediato Marcos, ya que no habían hablado desde el famoso día del beso.

—¡Ah! No, no para nada. ¿Cómo andas? — contestó la futura periodista cayendo en la cuenta a raíz del reproche que no le había contestado los mensajes con todo el torbellino de las cartas en su mente.

—Hola, bien, todo tranquilo, ¿vos?

—Bien, bien, te presento…mi amiga Fanny; Fanny, Marcos.

Después del saludo de rigor estaban tan incómodos que se despidieron, no sin que antes Marcos la invitara en dos días más a ser su ayudante, ya que ahora le gustaban tanto las mascotas.

—Te espero lunes, a eso de las cuatro en la veterinaria.

Las dos chicas se fueron cuchicheando como si volvieron a tener quince años y acabaran de atravesar el portón del colegio y ver pasar "casualmente" al chico que le gustaba a una de ellas.

—Les tenés que tirar una línea.

—¿A quiénes? ¿Por qué ese plural?

—Vos sabés, al pibe este y a tu vieja.

Era el límite, todo lo que Cecilia podría haber hablado y dado de sí había llegado a la línea roja que era infranqueable, la única que le había dicho qué hacer, y no siempre, era su madre.

Sin embargo, esa noche, cuando Fanny se durmió, le escribió a su mamá un simple WhatsApp: "Hola mamá, ¿cómo estás?", vio el visto y sin esperar a que le respondieran desde el otro lado del mundo, lanzó otra pregunta: "¿Por qué venían tanto al campo con la abuela cuando eras chica? ¿Por qué no venía nunca el abuelo?"

En el país del sol naciente, una mujer hecha añicos entendía que su hija había entendido y era un bálsamo en aquel momento en que estaba triturada física y mentalmente. No tenía aliento para responder, pero lloró, siguió llorando todo el dolor de todos los años.

CAPÍTULO 18

Aunque ya le había escrito a su mamá, la frase "tenés que tirarle una línea" le seguía dando vueltas en la cabeza desde que había dejado a Fanny en el bus. El atardecer envolvía el porche de madera que daba de la cocina al jardín de atrás. Cecilia arreglaba instintivamente las plantas, les arrancaba hojas secas frenéticamente sin saber si hacía lo correcto. Sus manos removían la tierra con maleza y la frase de su amiga causaba remolinos en las ya agitadas aguas de su mente.

Cuando las veinte macetas de la tía Tuti estuvieron limpias, con la tierra esponjosa, y la noche ya cubría las rosas del patio, agarró uno de los vinos de la alacena, lo metió en su mochila y caminó a paso firme a hacer lo que su amiga le dijo, se fue a "tirar una línea".

Una cuadra antes de la veterinaria, al ver la camioneta de Marcos estacionada y comprobar así que si tocaba el timbre él abriría la puerta, el pánico la paró en seco. Se estaba metiendo sola en la cueva del oso, podría encontrar un abrazo cálido o el más feroz de los zarpazos; sin embargo, hasta que no entrara jamás lo sabría, así que se obligó a seguir.

Para Marcos fue una visita totalmente inesperada, aunque era viernes ya estaba acostado con el ventilador apuntándole directo a la cara y Netflix reproduciendo la adictiva "Casa de Papel". Imaginando alguna emergencia veterinaria, abrió la puerta rápido, descalzo, vistiendo shorts azules y una camiseta blanca sin mangas que dejaba ver su bronceado desde la mitad del brazo hacia abajo, la marca de su trabajo al aire libre.

—¡Qué buena visita!— atinó a exclamar luego de los primeros segundos de sorpresa.

—Sí, mi amiga Fanny ya se fue y como me quedan pocos días acá pasé a saludar — se explicó la futura periodista.

—Pensé que te iba a ver recién el viernes— respondió Marcos y reponiéndose del asombro la hizo pasar.

Atravesaron la ecléctica sala de espera de la veterinaria y la puerta corrediza de enchapado en madera para llegar a una ordenada cocina donde no se quedaron. Siguieron al patio y se instalaron en los bancos improvisados de carretes de cable que él había conseguido en uno de los campos que visitaba. Cecilia se acomodó con un almohadón que encontró disponible y recién ahí se acordó que traía el vino.

—Traje algo para tomar— dijo y ofreció la botella extendiendo la mano hacia él.

—Gracias, voy a buscar copas y el destapador.

Desde la ventana de la cocina, Marcos miraba a Cecilia tratando de descifrar a qué había venido y cómo debía tratarla para que no huyera de nuevo. Le gustaba cómo hablaba esta niñita, como la llamaba en sus pensamientos. Le atraía sobre todo la chica que había conocido la noche que esperaron juntos hasta asegurarse de que Jack estaba bien, su risa, su apertura; pero en otras ocasiones había conversado con una pared de Squash, que le devolvía las pelotas a matar y sin mediar un segundo. En la mayoría de los casos los momentos juntos eran un paseo por el parque de diversiones que empezaba en el carrusel y terminaba en el tren fantasma, con escape incorporado. ¿Con quién se encontraría hoy? De todas formas, había que probar, porque ella había llegado sola hasta aquí. Salió hacia el patio lo más rápido que pudo después de cambiarse la camiseta por una remera más decente, tomar dos copas de vino, el destapador y un pequeño parlante.

—¿Querés comer algo?— dijo entrando al patio.

—Depende lo que tengas…— replicó con una risita.

—No mucho, pero te armo una picadita en dos minutos.

Cecilia se quedó en el patio haciendo bailar sobre la mesa un palito de la higuera que estaba justo a su lado, tomaba el palio desde una punta y lo deslizaba entre sus dedos gordo e índice hasta llegar a la otra punta y golpear la mesa y de nuevo y de nuevo y de nuevo frenéticamente. En el instante en que Marcos entró, ella, detenía su juego y comenzaba a caminar para alcanzar un cantero rebosante de plantas de tomate y albahacas que crecían prometiendo buena cosecha. Llegó a la otra esquina del jardín donde estaban las caléndulas, arrancó una y se la enganchó a la gomita que le sujetaba el pelo en una cola de caballo alta. Al incorporarse para volver, notó que Marcos la miraba desde la mesa, como robándole tiernamente un momento que a ella le había parecido solo suyo.

—¿Te gusta el verano?— preguntó Marcos, iniciando el diálogo con el mismo tema con el que comienzan casi todas las conversaciones en este universo: el clima.

—No tanto la verdad, me tiene un poco desesperada todo el polvo de este pueblo.

—Jajaja, será porque tenés las zapatillas del color equivocado — replicó el veterinario señalando las Converse blancas.

—Seguramente, ¿a vos qué estación te gusta más? — devolvió la pelota ella.

—El otoño es la mejor, no hace frío ni calor, podés viajar al otro hemisferio porque allá será primavera y seguro estarán hermosos los días y, además, se cosechan los zapallos más grandes cuando empieza el otoño.

—Pero no tenés zapallos…— acotó ella queriendo dar a entender que sabía de plantas.

—No, los tengo en el campo de la abuela. Acá solo me entran estos tomates y las florcitas y el Darwin.

—¿Quién es Darwin?

—Es uno de mis perros, un Border Collie que toma sus propias decisiones.

—¿Cómo te das cuenta de eso?— dijo ella frunciendo las cejas.

—Jajaja— una vez más Marcos soltó su risa franca y musical— cuando vamos al campo, a la vuelta, si quiere quedarse allá no se sube al pick up y si quiere venirse conmigo cuando llego a la camioneta ya está echadito arriba esperando para salir.

Abrieron el vino y lo saborearon mientras sonaban de fondo los Rolling Stones. Aunque Cecilia era más popera, o eso le decía Fanny, le gustaba el rock y se sentía muy a gusto con los dinosaurios sonando bajo pero fuerte.

—¿Te gusta viajar o te pasás todo el tiempo enterrado en este pueblo?

—Ah, que amorosa que sos.

—Sí, eso dicen.

—A veces, salgo de vacaciones con algunos amigos, algunos viven en ciudades grandes y otros, como yo, están enterrados en pueblos del interior.

—¿Se van de joda?

—Nos vamos a lo que pinte. El último viaje lo hicimos a Galápagos, a ver a las tortugas y a no hacer nada en la playa.

—¡Guau! Debe ser un sueño, al que mi presupuesto de estudiante no puede acceder.

—Pero seguro que te va a llegar, ¿cuánto te falta para terminar la carrera?

—Estoy justo a la mitad, acabo de terminar tercero. Pero se me hace una eternidad y después de cómo terminó este año, no sé ya si quiero volver.

—¿En serio? ¿Renunciar? No te imaginaba con ese estilo.

—No sé si es un alago o me estás diciendo que soy una pelotuda.

—Es como vos te lo quieras tomar— dijo poniendo cara de duda y riéndose inmediatamente después.

La noche ya no tendría vuelta a atrás hasta dentro de muchas horas y soplaba una brisa que a Cecilia le ponía la carne de gallina. Se empezó a refregar los brazos desnudos con las manos para darse calor y ese vientito helado le hizo plantearse nuevamente a qué había venido. Escuchaba a Marcos hablar sobre la universidad, sobre los miedos que había tenido la primera vez que tuvo que hacer una disección, o sobre todo lo que lo afectó su primera eutanasia; pero ella no estaba entendiendo el significado de las palabras que salían de la boca de su interlocutor, solo veía sus labios moverse y los ojos marrón oscuro fijos en ella, mientras que en su mente parecían dar vueltas con desesperación miles de pensamientos, de toda clase. Tenía en su interior aquel caos que experimenta una colonia de hormigas cuyo hormiguero ha sido inundado.

—¿Tenés frío?— sonó en la mente de Cecilia la pregunta que hacía Marcos desde muy lejos, según ella, aunque él solo estuviese a algunos pasos.

—Sí, creo que ya va siendo hora de que me vaya, después el miércoles vuelo.

—Quedate sentada, tranqui— replicó él en lo que parecía una dulce orden.

Marcos volvió a los pocos segundos con una manta tejida a telar. Se acercó a Cecilia hasta que entre los dos solo quedaba espacio para el aire que estaban respirando, le acomodó la manta suavemente, luego le acarició el fino pelo castaño para sacar un mechó que ella siempre parecía tener en la cara. El veterinario contemplaba absorto las facciones bronceadas de la futura periodista, estaban ya tan cerca uno del otro que el aire de los cuerpos se confundió y sus labios se fundieron en uno, como se funde gentilmente la manteca en el pan recién tostado para formar algo maravillosamente único e inseparable, algo que has deseado desde que te levantaste y que finalmente tenés en tus manos y que no vas a soltar hasta el final. Marcos la besaba con una pasión que apenas reconocía, metiéndole los dedos entre el pelo y bajando por el cuello hasta abrazarla por la cintura, como si así fuesen a estar aún más cerca. Era la segunda vez que se besaban y Cecilia pudo dejarse llevar, flotar sin levantarse de aquel incómodo asiento en el que llevaba horas resistiendo solo por el placer de conversar con él y ahora solo por el placer de unos cada vez más fogosos besos.

¿Sabe un colibrí cuándo va a morir? Sí, tiene que alimentarse cada pocos segundos o su energía no será suficiente y morirá pronto. ¿Sabe un amante cuándo va a morir? Sí, tiene que sentir el calor de su otro cada pocos segundos, nada menos será suficiente y morirá. De ese modo se sentía Cecilia, sin poder despegarse de Marcos, avivando el fuego en cada caricia en su espalda, en cada beso con la respiración entrecortada. Las manos de ambos dibujaban líneas interminables por el cuerpo del otro y cuando ya estaban ebrios de pasión él la tomó en sus brazos, para no despegarse ni un segundo, y se la llevó a su cuarto. Al entrar la sentó lentamente en un banco frente a la cama y se arrodilló frente a ella, que lo miraba irradiando deseo. Comenzó a besarle el cuello con besos cortos y rápidos que bajaban hasta el escote de la remera de algodón verdeagua que llevaba Cecilia. Ella, sin poder dominarse, apoyó sus manos en el cubrecama de pluma y se recostó para tomar palco al avance de Marcos por sus tierras jamás exploradas.

La luz de la luna en cuarto creciente se filtraba por entre las cortinas del dormitorio y delineaba a dos cuerpos jóvenes jadeando ante el tropel de sensaciones que experimentaban, eran dos jinetes montando a pelo unos caballos recién salidos de la manada, que los llevaban contra el viento por caminos exóticos y jamás transitados. Manos que acariciaban hombros, lenguas que lamían cuellos y manos y brazos, pelo que se enredaba entre más manos, un cierre que se baja torpemente rápido. Una polera de algodón que sube dejando ver el ombligo pequeño de su dueña, que al sentir el roce sintió como si hubiera sonado el timbre que indicaba la llegada de su padre.

—Pará, pará, perdón. Perdoname de verdad— dijo lo más claro que su agitada respiración le permitió.

—¿Qué pasó? ¿Te estaba lastimando?— respondió él sin entender por qué paraban, qué estaba yendo mal.

—No, no. Pero no puedo, perdoname. Me tengo que ir ahora— explicó, si es que a eso se lo podía llamar una explicación.— No te enojes, ¿dale?— suplicó con una caricia confusa y poniendo cara de gato con botas.— ¿Nos vemos el lunes?

A Marcos le costaba respirar todavía cuando ella salió de la habitación semivestida a buscar su morral al patio. Se calzó los shorts de jeans azul oscuro y cosidos con hilo rojo que se había sacado ávidamente hacía tan pocos minutos para acompañarla hasta la puerta, mientras se preguntaba qué le pasaría por la cabeza a esta niñita, tan gata flora la pobre.

Cecilia se limitó a despedirse de nuevo, rogándole que no se enojara e insistiendo en mantener la cita del lunes para operar a la gata.

Caminó por la noche fresca, que le deba un paréntesis al calor de los días, dando pasos pequeños y erráticos, tratando de entenderse a ella misma. Cuando el miedo viene de la irracionalidad de las conductas aprendidas de niños, querer revertirlo es como querer pintar de blanco una pared que siempre ha sido azul oscuro, que de hecho tiene capas y capas de azul oscuro.

CAPÍTULO 19

—Te vi pasar para lo del Marcos anoche— escudriñó Charo que se las sabía todas.

—Sí… fui un rato para allá, pero… — respondió turbándose Cecilia al recordar la escena de la noche anterior.

—¿Se pelearon por algo?

—No, estábamos en lo mejor de lo mejor y me asusté y me fui.

—¿Te hizo algo malo?

—No, es un divino, pero no sé, nunca estuve con nadie y me parece que cada vez que vaya a estar con alguien voy a fracasar, algo malo va a pasar, es una sensación más fuerte que yo. El tema es que tengo ganas de estar con él, pero no me sale.

—Una vez, nos fuimos de gira con el circo al sur y pasamo por mucho pueblos que tenían lagos cristalinos, con agua pura y espejada. Era un espectáculo, el agua te llamaba a que te tiraras, pero seguro habías visto a alguien que salía de allí muerto de frío, temblando por lo helada que estaba el agua. Yo me paraba a la orillita y primero metía los dedos gordos de los pies, después el pie entero, así hasta las rodillas y una vez que tenía las rodillas adentro, aunque ya sabía que el agua estaba helada a cagarse me tiraba de cabeza. Sí, me recontracagaba de frío, pero la sensación del agua contra la piel, la carne de gallina soportando y el calor que hacía al salir no tenían precio.

—Ja, te entiendo. ¿Vos te tiraste al agua helada con Alberto?

—Sí, — comenzó su respuesta ronca y sarcástica Charo— esa vez me tiré al agua y estaba tan fría que casi me muero ahogada.

—¿Lograste salir bien?— Siguió con su reportaje Ceci, que desde que su amiga le contara la historia se había quedado con la espina del final.

—Logré salir, sí, no vamo a decir que intacta pero por lo meno caminando. Despué me tuve que volver al pueblo, esa parte ya la sabé, y ante era más fácil perder a una persona, no había Facebook, ni nada de eso.

—¿Nunca lo volviste a ver? ¿No te vino a buscar?

—No creo que le importara mucho, jamás lo volví a ver y realmente estoy agradecida, agradecida de ese punto final.

No había más preguntas, Charo lo dejó claro, era el punto final. Cecilia se apoyó en la manga inflada color morado de Charo, que hoy no sabía bien por qué se había calzado el traje de la payasa Pururú, para consolarla y consolarse. Algún día le iba a tocar a ella tirarse al lago helado y arriesgarse a lo que viniera, aunque doliese.

La momentánea paz se vio interrumpida con un estruendo que vino de la cocina, parecía que la mitad de la loza del boliche se había quebrado y que todas las ollas estaban en el piso. Charo pegó un salto y salió corriendo hacia la cocina, con una reacción un poco más lenta Cecilia la siguió para ver qué había pasado.

—¡Llamá a la ambulancia que la Glady compró terreno! — La estudiante estaba paralizada, mirando la escena sin reaccionar. — ¡Reaccioná flaca y llamá ahora, que no sabemo qué le pasó!

—¡Ah! Sí, sí. Llamo ahora. — dijo Cecilia, volviendo a la realidad.

Veinte minutos después llegó la ambulancia, lo que todos consideraron que era un record, aunque se tratara de un pueblo enano y el hospital estuviese a pocas cuadras de ahí.

Ahora, Rosario Cándida estaba en grandes problemas, era sábado y esperaba mucha gente. Los últimos sábados de cada mes se juntaban los miembros del Club de Bochas del pueblo y sumado a eso les pagaban el bono a los trabajadores de la fábrica de comida de perro. Tanto para los que terminaban de jugar a las bochas, perdedores y ganadores, como para los que andaban con platita recién cobrada no había mejor lugar donde terminar el día que en lo de la Charo. Había buena comida, el trago era barato y podían ver a todos los conocidos. Era un lugar donde reinaban mujeres, pero al que solo llegaban hombres. Algunas mujeres del pueblo lo consideraban un poco antrezco y otras directamente no entendían qué podrían haber hecho allí. Ellas se juntaban en sus casas o en la parroquia. Para las jóvenes que sí necesitaban un lugar al que ir, jamás hubieran pensado en "El ranchito" como una posibilidad, como un espacio para divertirse y bailar. Como ellas tampoco tenían opciones, también se juntaban en casas.

—¿Te animá a reeplazar a la Glady? Hoy vamos a tener mucha gente— ofreció Charo, que no se veía con más alternativas.

—¡Dale! Vos decime lo que hay que hacer y yo le doy no más.— Apañó sin pensar mucho Cecilia.

Dos horas después empezaban a llegar los clientes y Cecilia ya estaba muerta, no entendía cómo cada vez que ella había venido tanto Rosario como Gladys jamás parecían estar cansadas. Desde que se habían llevado a la altísima ayudante, ella limpió la cocina, peló y cortó las papas para freírlas cuando los clientes las pidieran, apanó como seis kilos de milanesas, cortó la lechuga y ya no se acordaba qué más. Pero entendía que el verdadero trabajo estaba a punto de comenzar y ya no daba más.

Agradecida de haberse puesto sus zapatillas más cómodas se calzó el uniforme que le pasó la Charo, un delantal de jeans con el nombre del bar bordado en la pechera. Era el de Gladys, así que lo tuvo que doblarlo mil veces para que le quedara de un largo respetable. Ella iba a ser la moza y Charo tendría su puesto de siempre llevando las bebidas, cobrando en la caja y entre las dos suplirían la cocina.

Justo antes de que empezaran a llegar los clientes, llamaron del hospital, diciendo que Gladys tenía la pierna quebrada en tres partes y estaban haciendo lo posible para que no se escapara a trabajar. Llamaban para que por favor Charo la convenciera de que estaba todo bien en el bar, que descansara.

La flacucha estudiante jamás había sido moza y al llegar los primeros clientes les habló tan bajo que no podían oír lo que les ofrecía o si tenía lo que ellos estaban pidiendo.

—¡Hablá más fuerte nena, que no te vamos a comer!— escuchó más de una vez mientras sus cachetes se ruborizaban y trataba de esconder la vista.

—A ver chica, esto así no te va a resultar, me parece que tené el lomo con el nylon de fábrica todavía— le dijo bajito, pero con tono duro la Charo cuando Cecilia llegó a la caja a dictar el pedido.

—Perdón, te juro, no sé por qué me pasa esto, será que no lo hice nunca antes.

—Bueno, ya te perdoné, ahora tomate este chupito de tequila así te envalentoná un poco y arriba el ánimo que la noche es joven— la arengó su amiga.

—¡Vamos que se puede, mierda!

Dos horas después, el humo cubría el techo y la concurrencia, compuesta completamente por hombres de entre cuarenta y setenta años, hablaba fuerte, comía papas fritas con salchichas fritas encima y mayonesa a los costados, algunos jugaban a la escoba y apostaban porotos, y todos estaba tomando alcohol. Como dicen que la práctica hace al maestro, esas dos horas le habían servido a Cecilia para agarrar mejor la bandeja, usar la freidora y tirar chop a la perfección. No hubo recambio de clientes, así que ya estaba en confianza y conocía algunos de los nombres, incluso fue capaz de llevarle la corriente a uno de ellos en un chiste sarcástico del que rieron todos los que los rodeaban.

—Charo, no doy más, ¿cómo lo hacen con la Gladys?— se quejó sentándose un segundo en la barra entre pedido y pedido.

—Jajaja— soltó su característica y enérgica risa— creo que debe ser la costumbre, termino muerta, pero ya es lo normal, mañana dormimos más no más.

—Sin duda, mañana voy a dormir todo el día, te lo juro por lo que más quieras.

—Te lo creo, pero mirá ya esta gente tipo diez se empieza a ir, la mayoría tiene que salir temprano pa'l campo mañana, estamos en época de mucho laburo, hasta los domingos. — Le explicó Charo para darle un aliento, medio entre dientes porque intentaban prender un pucho con un encendedor de dudoso funcionamiento.

—Nos quedan dos horas más, ¡por Dios!— Respondió la estudiante meneando la cabeza negativamente.

—Todo llega y todo pasa, nena, no te quejé y fijate que allá don Mario te está llamando, seguro quiere otro vaso de vino.

El cansancio aparecía por pequeños lapsos, el resto del tiempo Cecilia gozaba ser moza, se divertía con las conversaciones que escuchaba a su alrededor, mirando a la Charo bailar al ritmo de unas cumbias medio charras y sacaba un poco de cuentas alegres de las propinas. Su cuerpo pequeño le permitía girar entre las mesas apretadas de formas muy graciosas, la llenaba de energía ver este mundo de risas y relajo.

Atrás del último cliente que salió Charo cerró la puerta con llave y se fue a hacer la caja. Por su parte, Cecilia partió a la cocina con la bandeja hasta el tope de vasos y platos sucios. Cantaba una de las cumbias más repetidas durante toda la noche, era la historia de un hombre que descubría a su mujer con el amante; pero solo lograba verle las botas, entonces así decía la canción todo el tiempo "el de las botas negras, como un rayo se alejó". Terminaba el par de estrofas que se sabía y volvía a empezar, con distintos tonos, con más o menos ritmo, moviendo los brazos histriónicamente.

—¿No te sabé otra parte?— gritó Charo desde la caja.

—No, había un señor que la cantaba, pero solo cantaba ese pedacito y se me pegó.

—Sí, es el viejo Sebastián. Dicen los mal hablaos que a él le pasó eso y nunca se pudo reponer.

—¡Qué penita! ¡Cuántas historias te debés cruzar acá todos los días!

—Miles de miles, eso es lo mejor de este trabajo, jamás estás sola y jamás te falta tema para hablar.

—¿Pasan cosas muy raras?

—¡De todo!— exclamó Rosario levantando su brazo por encima de la cabeza— una vez, se llevaron al don Seba en carretilla, no podía moverse y como es un poco grandote mejor lo cargaron en la carretilla. Y don Marcos, ni te cuento, es tan porfiado que algunas veces lo dejo afuera cuando cierro y a la mañana cuando abro todavía está durmiendo en la puerta.

Entre conversa y conversa, entre risas y risas, ordenaron el local y ya sin un centímetro cúbico más de energía Cecilia se despidió diciendo que más tardar pasado mañana vendría a saludarla antes de volver a la capital. Era ya de madrugada y el aire estaba fresco por primera vez desde que llegó, eso la hizo disfrutar el camino a casa, tarareando de nuevo "el de las botas negras" y pensando, quizás, en rumbos nuevos.

CAPÍTULO 20

La operación era a las cuatro de la tarde y ella se había tomado tan en serio lo de ser la ayudante que llegó a la veterinaria media hora antes. Esperar en la sala destartalada le hacía acordar el día que conoció a Marcos, pero también le traía a la piel el día en que se escapó de la noche más erótica de su vida o, mejor dicho, de la que pudo ser la única noche erótica de su vida.

Miraba el techo con algunas esquinas cuidadosamente tapadas por el moho cuando apareció Marcos desde dentro de la consulta con un paciente y su dueña.

—Hola— le dijo mirándola fijo y alegre.— Bueno, por lo que vimos, está todo bien— siguió hablando con su cliente— ahora lo importante es que no se le vuelva a infectar la herida, le recomiendo que por unos cinco días lo deje vivir adentro y que le remoje la comida en agua y se la haga papilla.

—¡Gracias doctor! Cualquier cosa lo voy a molestar— dijo la adolescente abrazando a su labrador a la vez que le ponía la correa.

La chica se alegró hablando con su perro, notablemente aliviada, y Cecilia se paró presta a hacer lo que el veterinario de dijese.

—¿Estás lista para ser mi ayudante?

—Totalmente, no tengo idea de lo que tengo que hacer, pero vos me explicás.

El muchacho era precavido y la había citado antes para hacerle una introducción a lo que ocurriría. Le mostró los instrumentos que iban a usar, le habló de la anestesia y del rasurado de la zona donde harían la incisión. Ella se esforzaba para concentrarse en las instrucciones, aunque era complicadísimo; la abrumaba el olor de la sala de operaciones, no el olor de los animales, que ya amaba tanto como a los acompañantes que tenía en casa, sino el olor a los medicamentos, al pervinox y la anestesia. Además, era inevitable recordar a cada segundo que pronto vería sangre, un animal dormido, como muerto, casi se estaba echando para atrás.

—¿Estás segura de que me querés ayudar?

—Sí, obvio, ¿¡por!?

—Me parece que te estás poniendo pálida.

—¿Yo? ¿Pálida? Imposible— decretó haciéndose la valiente.

—Sigamos, lo que más necesito es que te acuerdes bien los nombres de los instrumentos que me vas a ir pasando y además, super importante es que cuando yo le ponga la anestesia vos la estés calmando.

—¿Qué tipo de operación le vamos a hacer? — dijo incluyéndose inconscientemente en el proyecto.

—Es una gatita de seis meses y los dueños la quieren castrar, programaron la cirugía ahora porque el mes que viene se van de vacaciones y se la llevan.

—Creo que alguna vez escuché que hasta que no tienen gatitos una vez no se las puede castrar.

—Ja ja ja, son cosas que dice la gente sin saber. Es mejor mientras son jóvenes, porque además así se evita que les dé cáncer cuando son adultas.

Por toda respuesta Cecilia arqueó las cejas en señal de sorpresa y se dedicó a mirar minuciosamente la sala, los estantes llenos de remedios, los instrumentos, la máquina para esterilizarlos. Solo interrumpió su estudio la puerta de entrada, lo cual significaba que era momento de actuar.

La gata se llamaba Jacinta y era como de peluche, suavecita y esponjosa. La joven ayudante la tomó en sus brazos para acariciarla y distraerla del veterinario que le ponía la anestesia. La esponjosa criaturita estaba ronroneando, pero al sentir la jeringa en su muslo le hincó las uñas a su enfermera. Así quedaban a mano, las dos pinchadas y con dolor, aguantable, pero dolor al fin. Pocos minutos después, Jacinta agachaba la cabeza y aflojaba las extremidades.

—¡Qué lindo es cuidar animales! Son tan nobles— acotó ella con la gata en su regazo.

—Sí, eso es lo que más me gusta, ellos siempre están dando amor y responden sinceros a nuestras muestras.

Una vez que Jacinta se durmió y la rasuraron justo en el área del vientre, comenzó el procedimiento. Marcos se desenvolvía como si hubiese hecho esto todos los días de su vida, cortaba suave y precisamente cada capa de piel, sin apenas dejar que emanara sangre de la gatita. Impactada por los cortes, Cecilia dio vuelta la cara, sin poder ocultar sus nauseas.

—Me salió un poco debilucha esta ayudante.

—Pero lo estoy haciendo bien, no me olvidé de ningún instrumento.

—Toda la razón, ¿te gusta eso?

—Sí, nunca había visto algo así y alguien como vos, firme, seguro de lo que estás haciendo, ni te tiembla la mano.— Habló susurrando, para no incomodar a Jacinta.

—Alguna vez me tembló, pero uno de mis profesores me dijo que pensara en que finalmente al hacer esto estaba cuidando a los animales y eso me hizo sentido; así que, la conclusión es que lo mejor es no titubear.

—¡Qué inteligente tu profe! Los profes de mi carrera no lo son tanto, parece que todo el tiempo estuvieran tratando de que abandonáramos.

—No es para tanto, a lo mejor vos escuchás lo que querés escuchar.

De nuevo la dejaba sin palabras, este hombre era lo que los aromos recién florecidos a los alérgicos. Estorbando, creando picazón, hinchando los ojos, provocando constantes estornudos; pero a la vez esas irresistibles flores amarillas, pomposas y alegres te dicen "¡Llegó el momento! ¡La primavera está a la vuelta de la esquina! ¡Aguantá un poco más la alergia y ganarás tu recompensa!". Quizás era verdad que por todas partes escuchaba "abandoná esta carrera", "dedicate a otra cosa" y ella había sido tan terca que no dio el brazo a torcer, tampoco quería rendirse y así decirle a su papá que tenía razón, que debería haber estudiado otra cosa. Sin embargo, ¿qué hacer si no era periodista?

La operación terminó más pronto de lo que Cecilia hubiese imaginado, solo fueron 25 minutos que pasaron velozmente.

—Ahora quedate con ella, porque por la anestesia que le puse se va a despertar luego. Yo le voy a preparar la cama y a buscarle un collar para que no se lama.

—¿Se tiene que quedar mucho tiempo así?

—No, seguramente en unas horas va a estar bien, pero los dueños me pidieron que la deje internada esta noche porque tienen varios niños pequeños y no quieren que se le tiren encima.

—Pobre Jacinta— dijo suspirando y acariciándola Cecilia— te van a volver loca esos diablitos, mejor acá te cuidan bien.

Se quedó contemplado a la gata que así anestesiada parecía estar en un limbo entre la vida y la muerte. Jacinta estaba más allá de toda complicación; pero también lejos de cualquier experiencia movilizante, le recordó a su madre cuando aún vivían con Gerardo.

Justo cuando la peludita que tenía en brazos se empezó a mover, llegó Marcos a buscarla. Se la llevó a su cucha bien cómoda y volvió al instante, para que no se escapara de nuevo.

—¿Estamos bien?

—Yo estoy bien, ¿vos?

—No sé, la verdad no entendí lo que pasó el otro día, creí que íbamos bien, que lo estabas pasando bien, yo lo estaba pasando bárbaro.

—No sé, no quiero que me lastimen— dijo ella sin poder contener su más profunda verdad, estaba ya sospechando que en el agua del pueblo había algo que no la dejaba mentir. Lo único que le quedaba era su instinto y con ayuda de este se dio media vuelta para escapar de nuevo.

—No somos todos iguales, yo no sé qué te haya pasado ni quién te pudo haber herido tanto. Yo jamás te voy a obligar a nada, pero me voy a encargar de no desaparecer de tu vida.

Sin lastimarla pero asegurándose de que no se pudiese zafar, la agarró con una mano por la cintura y puso la otra en la nuca mezclándola con su pelo lacio y suave. Así se juntaron, como se junta el aire frío y el aire caliente, que chocan, se repelen; pero luego no se pueden resistir y con toda su fuerza giran sin que importe nada más, giran ciegamente, chocando todo a su paso, porque eso hace el amor, gira abriéndose camino, volando frenéticamente.

—Yo me voy el viernes, mañana llega la Tuti, así que no creo que nos veamos ya… — dijo con la mente cuando aún el cuerpo seguía respirando el profundo beso que se habían dado.

—No te preocupes, cuando vaya a ver a mis viejos te llamo.

CAPÍTULO 21

Se paró frente a la alacena para escrutar sus escasas provisiones, luego de tantos días fuera de la casa no tenía nada fresco, debería recurrir a las latas y paquetes que le quedaban. Sin mucho entusiasmo sacó unos espaguetis número cinco y una lata de atún, tenía que obligarse a comer. No había ingerido nada ni siquiera durante el vuelo de regreso, es que tener a Gerardo al lado le provocó dolor de estómago y un temblor involuntario en ambas manos. Ahora, ya en su casa, ganaba la racionalidad que le dictaba el organismo, no iba a morir de hambre.

Pasados dos días desde que llegara, el temblor de las manos había desaparecido y ya podía llevarse el tenedor a la boca sin que se le cayera el contenido. Algo que para muchos podía ser una nimiedad, a Eugenia la animó, la alivió poder llevarse la pasta con salsa de atún a la boca. Un suspiro profundo cortó el silencio del departamento y si alguien la hubiese visto habría temido que su piel grisácea se rajara al contacto con los pómulos.

Sus intensos ojos se clavaron en el vacío, en el blanco de la pared. No miraba nada, solo se empeñaba en que el blanco de la muralla se le impregnara en los pensamientos y los aquietara. Mas era en vano, seguía sintiendo la piel fría, agarrotada por la ducha helada de un hotel de Shanghái. En el verano ardiente de su hemisferio, Eugenia vestía sweater y pañuelo al cuello, era la misma ropa con la que había salido de China, ni siquiera tuvo energías para bañarse en dos días. No había logrado poner música ni prender el televisor, un absoluto silencio reinaba el espacio, la atmósfera espesa le pesaba sobre los hombros y a duras penas lograba desplazarse, desganada física y mentalmente. Tampoco tuvo energías para desarmar la valija, temía ver su ropa y recordar todo desde más cerca.

Cada media hora, lo único que rompía el ambiente sepulcral era el sonido de su celular. Agradecía que la tecnología hubiese avanzado y le diera la posibilidad de saber quién la estaba llamando, ya no había sorpresas en el interlocutor, como en su adolescencia, cuando tanta ansiedad le causara atender el teléfono. El identificador de llamadas la ayudaba a evitar responderle a… a Gerardo, que ya no sabía qué era suyo. Se sentía incapaz de dar cualquier respuesta coherente. Ella, en sí misma, era una incoherencia viviente. Su mente no podía llegar a la salida del laberinto de su corazón y por enésima vez el Minotauro le había dado muerte, como si fuera una de las doncellas de Atenas que cada nueve años se sacrificaban voluntariamente para saciar a la bestia. Al menos, pensó, esas doncellas entraban a la construcción de Dédalo por una causa, salvaban a su pueblo de la guerra. Ella, ¿por qué había incursionado en un laberinto donde sabía, certeramente, que la esperaba el peligro, quizás la muerte? Así, acuclillada en el sillón celeste pálido del living, tapada con una manta fina de alpaca, se dejaba llevar por sus más antiguas inseguridades.

Después de varias horas en esa posición, movió lentamente el cuello contracturado por tanta tensión y sin querer fijó la vista en el cuadro que colgaba sobre el sofá azul petróleo, dispuesto frente al que ella ocupaba. Esbozó una pequeña mueca, lo más parecido a una sonrisa que podía expresar en esos momentos. La pintura era de su autoría, la tenía exhibida, cosa extraña en ella, porque al terminarla varios años atrás consideró que era lo primero bueno que había pintado. Eran unas hortensias exuberantes, el lienzo estaba bañado en un colorido degradé de fucsias, morados y verdes, imponentes hojas verdes preñadas de movimiento. Recordó el día en que comenzó con esa obra, se vio enfrentada al bastidor de un metro por sesenta centímetros, inmenso para ella, atemorizándola con su blancura, dejándola inmóvil por sendos minutos, casi una hora. La nada que le anunciaba la tela la paralizó, pero a la vez la impulsó a llenar ese vacío con algo nuevo. Teniendo en el cuerpo ese sentimiento, volvió a escrutar el resultado, aún aceptable después de años y se dijo que quizás fuese útil para pintar o que tal vez pintar fuese útil para ella.

En esos recodos de la mente estaba al cumplirse otra media hora, el teléfono sonó de nuevo y ese tono que anteriormente le había sido indiferente recibido desde la pena en que estaba hundida, ahora la despertó a una bronca incontenible, una rabia vibrante que le electrizaba el cuerpo y le aceleraba la sangre. Sus mejillas tomaron color incluso en la escualidez que las distinguía y tuvo la necesidad de moverse. Si hasta ese instante su mente fue un lago quieto y oscuro, presionado por un cielo gris plomizo, ahora se desataba al ras de las aguas inmóviles un viento violentísimo, que elevaba la marea, desordenaba las corrientes y hacía que el espejo de agua se agitara tan bruscamente como un mar en días de huracanes.

Fue corriendo a la habitación, en el placar guardaba algunos potes de pintura nuevos y tres o cuatro brochas, que no había alcanzado a llevar al taller de pintura al que asistía. Pero, ¿dónde pintar? Todos sus mejores materiales estaban en el taller. Corrió por la casa nerviosamente, se movía como un desahuciado que busca el objeto de su salvación, hasta que en el armario de los blancos encontró el paquete aún sellado del juego de sábanas que comprara antes de partir. Pensarse doce días atrás la encolerizó todavía más. "Una vez es su culpa, dos veces es tu ingenuidad, tres veces es tu estupidez", se repetía como un mantra al tiempo que con renovadas fuerzas movía los sillones del living, sacó la alfombra y la sábana blanca de arriba ocupó toda la sala, de extremo a extremo.

Parada frente al improvisado lienzo, registró el living dirigiendo la mirada a todos los puntos a partir de cortos movimientos de cabeza, como una suricata que en medio de la sabana busca el peligro. Encontró lo que buscaba, echó mano de una bandeja de plata y otras dos de cerámica que eran parte de la decoración del esquinero de caoba que estaba justo al lado del sillón azul plomo. Las dispuso a sus pies y vació el contenido de los cuatro pomos de pintura que tenía, dos eran negros, uno rojo y el otro azul.

Las intenciones de esos colores habían sido hacer algo inspirado en Miró, sus colores sólidos y las líneas bien marcadas llamaron su tención y quería explorar más. Sin embargo, frente a la sábana en el piso, se dejó llevar por las emociones. Aguó las pinturas, cargó una de las brochas, la tomó fuertemente con su mano derecha y movió el brazo cual si fuera un látigo. Esta primera descarga la satisfizo, le dio un espaldarazo a la rabia que circulaba por su cuerpo, por su mente. No gritaba, el departamento estaba en un completo silencio, que solo era destruido a intervalos por la respiración entrecortada y los sonidos guturales ante cada azote de pintura sobre la tela. No paró, no podía parar, sentía que tenía que descargar ríos y ríos de ira, de frustración, de podredumbre, años de colonización sobre su cuerpo.

El color azul permaneció intacto mientras la sábana de dos plazas y media se inundaba de manchas rojas y negras, la calma quedaba para después. Eugenia estaba ensimismada en su enojo, se permitía por primera vez escupir aquel sentimiento que, sin saberlo, la había acompañado los últimos diez años. Jadeaba, resollaba y estos sonidos retumbaban en todo el espacio. Mareada, eufórica, seguía manchando la sábana, dando latigazos al aire.

Inmersa en su catarsis, no escuchó el sonido de la cerradura al contacto con la llave. Al entrar, Laura, que estaba encargada de las plantas e ignoraba la llegada de su amiga, se encontró con una delgadísima Eugenia en jeans y camiseta blanca manga larga chorreando pintura convulsivamente por todo su living. Los sillones, las paredes y cortinas no distaban mucho de la sábana, todo estaba salpicado de rojo y negro. Laura quedó paralizada por unos instantes, hasta que su amiga percibió desde su trance que estaba allí parada. Sus miradas se encontraron y en los ojos de Laura pudo descansar Eugenia, unos ojos que lejos de decir "te lo dije", la abrazaban con paciencia y cariño.

—Te vine a regar las plantas— dijo Laura a su amiga, que seguía parada en medio del living con una brocha en cada mano— no sabía que habías llegado— ante el mutismo y la parálisis de Eugenia, siguió hablando— ¿querés tomar un té y me contás el viaje?— propuso intuyendo que Shanghái había estado cerca del infierno.

Por toda respuesta Eugenia soltó las brochas y comenzó a llorar, lloraba bajito, era un llanto viejo y cansado, que acompañaba a unos pies descalzos que pisaban lenta y despreocupadamente el lienzo recién pintado. Dejó huellas de pintura por todo el camino a la cocina, donde se sentó frente a la barra aún sin palabras, inerte, como si todas las baterías que hubiese tenido se hubiesen terminado de consumir. La recién llegada, sin hablar, puso a hervir agua y buscó las tazas y el azúcar. Era de la casa, no necesitaba indicaciones para preparar té de tilo y manzanilla. Así, moviéndose delicadamente por la cocina, permitió que pasaran los minutos de silencio necesarios, entendía que su amiga estaba quebrada y abordarla de la forma incorrecta le haría incluso más daño. Cuando la infusión estuvo lista y ellas frente a frente en la cocina, Laura optó por el cuestionamiento más simple:

—¿Qué pasó, Euge?— preguntó suavemente, sin esperar nada.

—Hermana, me viniste a rescatar— suspiró Eugenia dando, ahora, rienda suelta a un llanto visceral.

—Sí hermana, acá estoy, ¿qué necesitás?

—Nada, no sé— contestó Eugenia tratando de contener los accesos de llanto— empezar de nuevo, pero empezar en serio de nuevo.

Eugenia se sinceró, pero de verdad. En todas las otras ocasiones en que Gerardo la había maltratado ella minimizaba las golpizas frente a Laura, o fingía alguna caída torpe frente a su mamá. Sin embargo, en esta oportunidad le contó a su amiga lo sucedido con lujo de detalles, no solo le habló de la noche en que terminó molida a palos y congelada en una bañera cinco estrellas, también le habló de sus recorridos, de sus dudas cuando Gerardo le propuso vivir con él. Mientras las palabras caían y se amontonaban en la mesa de la cocina, entre las tazas y un paquete de galletitas que encontró Laura, la mujer de nariz con carácter relajó su cuerpo paulatinamente y le dio rienda a un diminuto hilo de satisfacción al invocar ciertas postales de Shanghái. En cuanto Laura la vio mejor, más repuesta, le ofreció ayuda para recomponer el living antes de irse.

—Te quedó bien el Pollok, te dije que tenías que pensar en serio lo de dedicarte a la pintura.— La animó Laura.

—Gracias— respondió en un murmullo Eugenia al tiempo que sollozaba frente al impacto gráfico de su propia rabia.

Entrada la noche, la mejor amiga de Eugenia consideró que podía marcharse y entre los abrazos de despedida le soltó algo que no podía callarse:

—A lo mejor tendrías que denunciarlo…

La frase quedó flotando en la puerta, resonando en los oídos de Eugenia, que acompañó a la Laura con la mirada hasta que se la tragó el ascensor.

CAPÍTULO 22

La cuenta regresiva la encontró con sentimientos que jamás se había imaginado experimentar en este "trabajo", como lo había llamado al principio al paréntesis de treinta días en que se metió al aceptar cuidar la casa de la tía Tuti. Hacía girar el café dentro de la taza, veía los grupitos de burbujas que no llegan a ser espuma en el café instantáneo, con la mente desnuda de claridad y llena de ropa para estrenar.

El ruido de la puerta mosquitera la sacó de su ensimismamiento, la tía llegaba con bombos y platillos, ruedas de maletas cargadísimas y un coro de perros que le ladraban de alegría, agitando colas y patas y lenguas.

—¡Pero nena! ¡Si parece que estamos en un velorio! ¡Hola, hola!

—¡Hola, tía!— volvió a la tierra Cecilia y abrazó a la recién llegada.

—¿Cómo anda todo por acá? Tenés una cara rara— parecía una pitonisa que no deja jamás sus dones guardados, incallable.

—¡Ay, tía! Recién llegás, contame vos cómo te fue— evadió Cecilia señalando con la mirada el bronceado de su tía para cambiar rápidamente el tema.

—Regio, regio, no hicimos absolutamente nada de nada y comimos como caballos.

—¿Era con pulserita?

—¡Obvio nena! ¡Qué menos! Si ya estamos viejas con las chicas, ¿te crees que no lo sé? — hablaba a la vez que con el mayor disimulo posible inspeccionaba las condiciones en las que estaba su cocina.

—Jajaja— Cecilia le festejó la broma con tintes de verdad — ¿Viste que te tengo todo igual?

—Sí, te pasaste nena. No sabés cómo te agradezco, yo no podría irme y dejar a mis bebés solitos. ¿Les diste la comida, hizo la dieta mi pechechinnnn? — se dirigió a la pecera y parecía que el pequeño demostraba felicidad de escuchar otra vez el timbre de voz de la tía Tuti.

—¡Obvio! Aunque necesité un poco de ayuda…

—¡Qué pasó!— se le desfiguró la cara bronceada a Teresa.

Cecilia le contó los pormenores de todo lo que le había pasado a Jack. Al principio, la dueña de casa no creía que su cuidadora hubiera sido capaz de hacer todo aquello por sus macotas, conocía bien a la nena y le parecía que su fuerte no eran los perros, ni los gatos, ni las plantas, ni cualquier otro ser vivo, bueno quizás su madre contaba como un ser vivo que su sobrina podía cuidar, pero no mucho más allá de eso.

—Y no sabés, ayer ayudé a Marcos a operar a una gatita. Se llamaba Jacinta y parece que la esterilizaron porque bueno, obvio que porque no quieren tener gatitos, pero también porque así después no les da cáncer, ni otras enfermedades peligrosas.

—¿Te viste mucho con Marcos?— lanzó Tuti, que ya había entrevisto por dónde andaba la cosa en su casa.

—Digamos que un poco más de lo necesario para curar al Jack— contestó con una sinceridad que más que venir de sus palabras venía de sus cachetes sonrosados.

—Está bien nena, lo quiero mucho al Marcos y me parece que ya va siendo hora de que tengas un novio vos, ¿no cierto?

Esta mujer no tenía límites, pensó Cecilia buscando su escudo que, aunque bastante más permeable que al llegar al pueblo, la protegía de contar sus cosas, como ella decía ("son mis cosas y no te las cuento").

—¿Y vos? ¿Para cuándo?— se animó a contrapreguntar, saltándose la regla básica que le había enseñado su mamá de respeto a los mayores.

—Ja, parecés la Francisca, ni un día me dejaba de preguntar lo mismo la pobre vieja — dijo con los ojos preñados de recuerdos.

—Pero era linda la abuela Fran, me parecía más moderna que la abuela Olga.

—Es que también pobre la abuela Olga… — largó arrepintiéndose al instante Tuti.

—¿Por qué pobre?— Se hizo la pava Cecilia y trató de tirarle la lengua a Tuti y conocer una versión más acabada de lo que había leído en las cartas.

—No, yo no soy la que te tiene que contar esto, cuando vuelvas a tu casa le preguntas a la Euge, ¡y no me insistas más!— cortó el tema con autoridad y para evitar volver largó — ¿Qué vamos a almorzar?

—Para que veas que soy como las chicas de la parábola del aceite que nos enseñaron en catecismo te tengo lasaña y ensalada de rabanitos con lechuga española, ¿qué tul?

—Pero qué producción, aunque juré que llegando me ponía a dieta te acepto la lasaña y mañana empiezo, o bueno para qué mentirse, el lunes empiezo.

—¡Pero si volviste escultural, tía!— la alentó Cecilia— vamos a dar una vuelta por el jardín que ayer vinieron a cortar el paso y está precioso.

El almuerzo llegó lento, al ritmo de las vacaciones en que todo acurre a una hora diferente de la habitual.

—Último día, nadie se enoja— dijo Cecilia al unísono con el corcho saliendo de la botella de Carmener.

—Mirá la mocosa, si hasta destapa vino.

—Los tiempos cambian, tía, y además la cerveza me hincha horrible— ambas rieron de una verdad universal y pocas veces dicha— hablando en serio, te quiero agradecer que hayas pensado en mí para cuidar la casa, necesitaba salir un poco de mi propia casa.

—¿Cómo es eso? ¿Qué te anda pasando?— inquirió en tono maternal Teresa.

—Yo sé que vos sabés todo, y esto te va a doler tanto como me está doliendo a mí. Viste ese novio que te dije que tenía mi mamá...

—Sí, me fui chocha al viaje con esa noticia.

—Bueno, no te pongas tan chocha, el novio es mi papá.

El silencio fue eterno, Teresa miraba al horizonte como si rebobinara una película vieja, de esas que has hecho un esfuerzo por olvidar y que crees que jamás volverás a ver.

—No te tomes esto a pecho, pero a veces es mejor estar sola que mal acompañada. Perdoname por decir que ya era hora de que tuvieras un novio, no, no es hora, o capaz sí, a lo que me refiero es que eso es una decisión tuya. Bah, bah, bah, no me hagas caso, me pongo vieja y pelotuda y encima vos con estos baldazos de agua fría que me das.

—Imaginate cómo me sentía yo tía, no entiendo nada, le di vueltas al asunto todos estos días, no le he querido contestar el teléfono, le mandé un par de WP para que se quedara tranquila. Quizás… no sé, o sea no la entiendo, pero la quiero y no sé cómo empatizar con ella.

—Tranquila nena, ya te va a salir algo cuando la veas.

—Espero, eso espero. ¿Vos por qué te quedaste sola?

—Ja, ¡qué preguntita pendorcha!— se le cayó la sota a la tía Tuti, que había adorado con toda su alma los años ochenta.

—Perdón, capaz me fui un poco a la mierda.— reconoció Cecilia, que odiaba invadir a los demás tanto como odiaba que la invadieran a ella.

—Está bien, está bien, destapate otra botella para que después duerma bien la siesta y te cuento.— Evidentemente el vapor del vino se le había ido un poco a la cabeza a la tía, que quizás por segunda o tercera vez en toda su vida iba a revelar su elección, porque no había sido algo fortuito, algo inesperado, había sido una elección.

Así como el corcho destapa el vino, el vino desata las lenguas y Teresa, con su cara bronceada por el Caribe y rayada sutilmente por los años, comenzó a contarle a su sobrina su historia de amor. Había tenido un novio, sí, lo había tenido como todas las chicas "casaderas" en su tiempo. El pobre niñito venía a sentarse los domingos en el living de su casa a tomar chocolate o limonada, dependiendo de la época, y a escuchar a los adultos divagar sobre todo y sobre nada. Aunque en realidad lo único que quería hacer era enterrarle a ella la lengua hasta la campanilla y dejarle el mentón rojo e irritado por su barba incipiente. Ella lo amaba, sí, claro que sí. Después de todo, ese cuasi imberbe era el que todas querían, el que todas miraban a la salida de misa. Todo iba sobre ruedas, el chico no carecía de recursos y eso era lo que más entusiasmaba a su madre. Al año siguiente, Gonzalo, así se llamaba el galán, iría a estudiar medicina a la capital y ella lo esperaría hasta que terminara su carrera y se estableciera con un consultorio para que se pudieran casar, tener hijos, perros, lavarropas, planchas, plantas y esas cosas.

—Creo que quizás no estaba tan enamorada, — prosiguió Tuti, — porque cuando mi mamá me dijo que tenía que esperar lo primero que le pregunté fue, ¿qué voy a hacer mientras espero? Ella dijo que por mientras tenía que bordar mi ajuar, ayudar en casa y visitar a mi suegra y amigas.

Cecilia la miró sin decir nada, pero diciendo todo, preguntando más bien con sus ojos tan expresivos si eso era lo que quería hacer. Desde que comenzó el relato ya no pudo ver a su tía como toda una Penélope, tejiendo cada día, esperando por Odiseo para que, finalmente, después de tanto esperar llegara cualquier mamarracho irreconocible, casi otra persona.

—¿Y entonces te pusiste a tejer como una loca fanática y llenaste toda la casa de macramé?

—Ja ja ja ja, — rompió a reír la tía alentada por la broma y también por el Carmener —, no mijita, mi mamá tejió todo eso que ves y lo puso por toda la casa para recordarme mi mala elección. Pero eso no me asustó y aunque me dolió la pena de mi viejita linda ya no iba a dar marcha atrás.

—Debió haber sido difícil.

—Sí, fui contra la marea, lo tenía todo y por elección propia me quedé sin nada. Bueno, sin nada según los otros. Yo consideré que me quedé con mi libertad. Empecé a trabajar tejiendo suéteres para una tienda de la ciudad, ellos me mandaban los patrones y los modelos de las revistas, yo tejía y una vez al mes les llevaba todo. Ahora podía vivir en primera persona todo lo que vivía Gonzalo, la ciudad, su gente, sus negocios, los bares y restaurantes. Más de una vez me lo crucé acaramelado con alguna chiquita, siempre una distinta. Cada vez que lo veía reafirmaba mi convicción, mi decisión, y me daba fuerzas para volver a mi casa a escuchar los reclamos de mi mamá, las caras de ogro del abuelo y las risas escondidas de mis amigas.

—¡Qué valiente!

—Así lo veo ahora, en aquel momento me parecía que era un poco estúpida y caprichosa. Pero no me arrepiento. Pasados muchos años los viejos ya no daban más así que me hice cargo de esta casa y de la parcela. Había pensado que sería aburrido y no. Ser administradora de un pequeño campo me abrió las puertas a un mundo de hombres, de salas de ventas, compradores en autos caros y vendedores queriendo conquistarme y yo a veces me dejaba y los hacía creer que eran ellos.

—Sos una genia tía.

—Sí, lo sé.

—Jajajajaja, y… ¿por qué nunca sacaste los tejidos que hay por toda la casa? Total, ahora la abue Fran no está más.

—Porque me recuerdan que soy valiente, que no hay que darse por vencida y que al final dentro de mi corazón yo sé lo que es mejor para mí.

—¿No te sentís sola?

—Mmmm— Teresa se quedó un momento con la vista fija en el mueble de las copas— quizás algunas veces un poco, pero no. Para estar solo hay que conocerse mucho y aguantarse mucho a uno mismo, ese es un desafío que la mayoría rehúsa. Yo lo tomé, aprendí y me gusta. Me quiero.

CAPÍTULO 23

Acariciaba a Jack con nostalgia y con avidez, como queriendo absorber todo el amor posible, acumularlo en uno de esos cristales de energía y luego consumir un poco cada día cuando los extrañara. La Tuti le hizo las quejas, le reprochó cariñosamente que no era para tanto, que ya podría volver cuando quisiera.

—Antes que me lleves al bus, tengo que ir a ver a la Charo.

—¡Ah! Te hiciste amiga de la Charo, es una gran mujer ella. Nunca nos frecuentamos mucho, pero la estimo de verdad.

—Deberías ir a verla, es divertida, es libre y está llena de historias.

—¿En serio? Mirá que la conociste bastante para haber estado acá solo un mes.

—Ya vuelvo tía, ¡nos vemos!

Caminó apresurada hasta el bar, no tenía mucho tiempo para despedirse si quería llegar a la parada para usar el pasaje que había comprado de antemano. Ni bien entró a "El Ranchito" se abrazaron, sabiendo ambas a lo que venía Cecilia.

—Ya te vas no más.

—Sí, tengo que volver en algún momento, ¿no?

—Sí, no hay que escaparse de las cosa, ni de los sentimiento. — Aconsejó sabiamente Charo, soltando las palabras a la vez que el humo del cigarrillo.

Gladys todavía estaba en reposo y le quedaban por lo menos seis días más, así que la Charo movía las manos tan rápido como si estuviera encendido el efecto de fast motion, casi que ni para respirar le daba. Se lamentaba por dentro que la última conversación que tendría en persona con Cecilia fuera de esta manera, pero como ella decía eran "gajes del oficio".

—Estuve con el Marcos, le ayudé con una gatita que tenía que operar.

—Apa, apa, mirá que bien. ¿Lo vas a pasar a saludar?

—No, ya fue suficiente, ya lo saludé el lunes y ahora necesito acomodar la cabeza. Cuando nos despedimos me dijo que si iba a ver a sus papás me iba a llamar.

—Entonce lo va a hacer, yo lo conozco bien al pibe, si te dice que lo hace, es seguro.

—Me parece que lo querés más que yo casi.

—Cuando llegó al pueblo se quedó alojado acá hasta que logró instalarse, pasa que la casa de su abuela en el campo está un poco aislada, no sirve pa vivir y menos pa poner el consultorio.

Como por inercia, por costumbre, Cecilia empezó a colaborar en la cocina. Ordenó los platos que ya estaban secos, sacó las fuentecitas para ir armando las ensaladas individuales del almuerzo y repasó los vasos y los tenedores, que según Charo era en lo que más se fijaba la gente cuando llegaba a la hora del almuerzo. Debía irse, pero no sabía cómo hacerlo, en su mente estiraba los minutos, estiraba los cuartos de hora, hasta que no le quedó escapatoria.

—Me tengo que ir Charo, ¿cuáles son tus últimas palabras?— dijo intentando hacer una broma.

—Por favor, en mi epitafio pongan: "Aquí descansa Rosario Morales, pico pal que lee".— Y sacó a relucir sus dientes un poco amarillos y su sonrisa estruendosa que, aunque fuese contagiosa y potente, no pudo esconder una lágrima de la nostalgia que recién comenzaba.

—Jajajajaja, que tarada Chabe, seguro que vuelvo antes de que te mueras. — Se rieron juntas y se separaron sin desatar el hilo rojo que ya las había unido para siempre.

Algunas teorías dicen que en veintiún días podés adquirir un nuevo hábito o desterrar alguno que quieras dejar fuera de tu vida. El cirujano Maxwell Matz concluyó que sus pacientes amputados se demoraban veintiún días en dejar de sentir al "miembro fantasma". Después de exactamente veintiocho días en un pueblo olvidado por la televisión, olvidado por el resto del mundo y algunas veces por sus mismos habitantes, Cecilia no sabía si había cambiado su sentimiento hacia su mamá; pero al acercarse a su ciudad, kilómetro a kilómetro le brotaba una ansiedad por verla, por entenderla y sentía que poseía ahora un lienzo en blanco donde dibujar todo de nuevo.

Al poner un pie en el asfalto, la recibió un ambiente denso, percibía el aire pesado, cargado de fritanga callejera, papas fritas de carro y arrollados primavera en esas conservadoras blancas y finitas de telgopor. Le costó esperar quieta hasta que le entregaran su bolso, lo único que quería Cecilia era salir corriendo a un lugar menos concurrido, se estaba asfixiando.

El primer salvavidas que tomó fue una ida al baño del terminal, una vez adentro se dio cuenta de que no era una buena idea, las bocas de las mujeres se movían de trasfondo, como sospechamos que se mueven los objetos desenfocados en una fotografía, y los fonemas salían desordenados para juntarse aleatoriamente y formar trombas que golpeaban directo a los oídos de Ceci. Necesitaba escapar de la multitud ¡ahora! Encerrada en una cabina del baño llamó a Fanny, que vivía cerca del terminal y a esta hora casi siempre estaba en casa.

Llegó al oasis rollinga y jamás se había sentido tan feliz de escuchar a AC/DC en su vida.

—¡Volviste a la civilización!— la recibió una emocionada Fanny.

—Sí, y me cayó como las pelotas, para decirte la verdad.

—Ok— respondió la dueña de casa arqueando las cejas ante tanto pesimismo junto.

—Te juro que no puedo más, caminé tres cuadras y había diez mil millones personas.

—Sí, bueno, hasta hace algunas semanas vivías acá, entre medio de ellos y te encantaba.

—¡Qué lejos todo eso!

—Dale, voy a bajar por una cervecita helada, así no te choca tanto la ciudad.

Los rituales universitarios suelen incluir siempre una cerveza y lo que salva a tantos jóvenes de ser alcohólicos es simplemente una cuestión de presupuesto. Cecilia y Fanny no eran la excepción, un par de espumosas cervezas era el límite por salud y economía.

—Mi mamá dice que se está organizando una marcha de mujeres para el próximo ocho de marzo, ella lo ve todos los días, los casos no dan más.— Lanzó Fanny, como quien no quiere la cosa, entre medio de la conversación, sabiendo lo sensible del tema para Cecilia.

—¿Qué van a pedir?

—Vamos a pedir que no nos maten más y vamos con todo.

—Está bueno, capaz que vaya. Mirá si la convenzo a mi vieja— dijo con ironía.

—Una nunca sabe, nunca se sabe.

Después, como el color intenso de las acuarelas se diluye al contacto con el agua, así se fue diluyendo la profundidad de la conversación. Pasaron algunas horas charlando de todo y de nada, de series y de salidas que había hecho Fanny sin ella, quiénes estaban con quiénes y cuáles habían tenido la fortuna de irse de vacaciones un poco más lejos que cien kilómetros a la redonda, los compañeros que eran del interior no contaban. Al fin y al cabo, solo una forma de pasar el tiempo, rodeos para no irse a casa. Pero como no hay condena que no se cumpla ni deuda que no se pague, al caer la tarde supo que no podía escaparse de su propia madre, de su nudo en el peine.

CAPÍTULO 24

Era bastante frecuente que las luces de las escaleras no funcionaran y si hubiese existido un ascensor seguramente tampoco funcionaría. Cecilia se dio el ánimo para subir los tres pisos solo ayudada por la tenue luz del atardecer, que segundo tras segundo dejaba caer un nuevo velo azul oscuro sobre cada partícula de aire, volviéndola más y más densa. Era como si ese día hubiese una tormenta y cada escalón hacia arriba le hacía sentirse más entre medio de nubes a punto de lanzar una seguidilla de rayos y truenos. El bolso, que a estas alturas ya estaba arrastrando, pesaba más a medida que subía, igual que un lastre parece pesar más expuesto a la presión del descenso. Sentía que era el único ser que se movía en el antiguo edificio de seis departamentos, el túnel de la escalera simulaba un pasadizo a otra dimensión, una desconocida y peligrosa, esa que viene justo después de la tensa calma.

Frente a su puerta, o la puerta de su madre, ya no lo sabía, dejó caer pesadamente el bolso. Jamás le costaba encontrar las llaves, pero un ruido proveniente desde el interior la crispó. Se le dilataron las pupilas y una gota de hiel le recorría lentamente la espalda, sus manos extraviadas revolvían y revolvía el morral sin resultados positivos. Los segundos pasaban como horas enteras y una parálisis intrínseca parecía haber llegado a secuestrarla, los sonidos lejanos detonaban los recuerdos enterrados en su inconciente.

Cuando abrió la puerta, los susurros se convirtieron súbitamente en gritos entrecortados, de dolor unos y de rabia expulsada otros. No eran alaridos los que llegaban al estrecho recibidor, eran quejidos semicontenidos que escapaban de lo profundo de las entrañas. La joven movía la cabeza de derecha a izquierda, rastreándolos en su plano mental del departamento. Los clamores de la pelea no cesaban, nadie supo que había entrado ella. Caminó con el corazón saliéndosele del pecho. Entró a la cocina y se paralizó al ver los pies de su madre descalzos agitarse frenéticamente en el piso, queriendo escapar sin lograrlo. Parado frente a Eugenia, estaba su padre escupiendo palabras ininteligibles, plagadas de furia. Los brazos de Gerardo se agitaban comprimiendo y esparciendo el aire, generaban el equilibrio perfecto para que su pie derecho, enfundado en pesados zapatos de cuero, reventara la punta contra el estómago de la frágil Eugenia.

De espaldas a Cecilia, que acababa de entrar en silencio, el hombre se agachó y agarró a su madre de los hombros para sacudirla de una forma bestial, tanto más bestial cuanto que a Eugenia ya no le quedaban fuerzas y su torso se comportaba como si estuviese hecho de trapo. Los gritos agudos también se iban apagando y Gerardo levantó lo más alto que pudo su puño cerrado, como una roca, preparándolo para el remate final.

Once años después la estudiante presenciaba la misma escena, no en sueños, en vivo y en directo. Su esternón era un fuelle atizando el fuego que le nacía en el vientre y subía hasta sus sienes y las lágrimas calientes le nublaban la vista. Pero ahora ya estaba grande y las pesadillas la habían preparado.

—¡Paraaaaaaaaaa!— gritó eterna y profundamente sacando las fuerzas desde el vientre, desde la tierra y desde la rabia de los últimos once años y de los últimos veintiocho días.

No se quedó en el grito, esta vez no. Usó su cuerpo entero para abrazar el puño del padre. Él, en su colérica ceguera, hacía fuerza para concretar el puñete final; pero la adrenalina de Cecilia pudo más y lo obligó a alejarse unos centímetros de Eugenia, que al ser soltada se golpeó como un látigo la nuca contra el piso.

—¡Andate a la re misma mierda! ¡Hijo de puta!— gritó escupiendo, como un animal que defiende su territorio ferozmente.

La flacucha, todavía inyectada de adrenalina, agarró a su madre en brazos para asegurarse de que aún respiraba.

—Mamá, mamita linda. Tan buena, la gente no cambia mamá, lo llevan adentro y no se les despega. No cambian mamá, no cambian.

—Sí, sé mi niñita linda— dijo desde lejos Eugenia, sin saber si su hija era una ilusión o era verdad, pero aliviada de que hubiera terminado.

—Vamos a ir al hospital, pero al hospital de verdad y también a la policía.

—Lo que vos quieras, mi amor— se rindió la madre a la hija.

Gerardo huyó al quedar al margen de la escena, Cecilia sostenía a su madre y trataba de que no dejase de hablar. "De tal madre, tal hija", refunfuñaba ofuscado Gerardo bajando las escaleras con el impulso de la golpiza todavía en su cuerpo, los hoyuelos de la nariz dilatados y las manos temblando, con algunos rastros de la sangre de Eugenia en los nudillos.

La estudiante no salía de la turbación en que entrara al pasar el umbral de la puerta, aún en ese estado se las ingenió para recostar a su madre en el sillón celeste, que no entendió por qué estaba salpicado entero de pintura. Ahora, revolvía el morral generando un caos infinito en su contenido, el brazo de una batidora en busca de su celular. ¿Para qué? ¿A quién llamaría? En la desesperación, revivió el llanto de los siete años al escuchar el cuento de Barba Azul, ella no tenía hermanos que la rescataran. Lloró, lloró todo lo que no había llorado desde que sus padres se separaran, derramó lágrimas por su propia soledad y la de su madre. Ella, desde una semiconciencia le susurró:

—Laura, hija, llamá a Laura— deslizó casi inaudiblemente Eugenia.

Si hasta ese minuto Cecilia consideró que las cosas ocurrían en cámara lenta, ahora, Laura aceleraba los acontecimientos. Con una expertiz y lucidez increíbles las conducía al hospital, ingresaba a Eugenia a emergencias y la acompañaba para todo el protocolo en casos de violencia de género. A Cecilia la había depositado en la sala de espera, estaba hecha un trapito, el cuerpo lánguido como si careyese de músculos, como si hubiera dejado la vida en esos instantes en que salvó a su madre del puño de Gerardo.

—¿Y mi mamá?— saltó del sillón no sin esfuerzo Cecilia al ver a Laura.

—Le van a hacer radiografías y una tomografía para descartar cualquier lesión más grave. Casi la mata…— contestó Laura, arrepintiéndose en el mismo momento en que había pronunciado esas palabras.

—Sí, creo que si no llegaba yo estaríamos llorando a mi mamá.

—Bueno, pero no pasó, ahora nos queda esperar a que nos dejen verla.

En el trajín, sin que ninguna de las dos se percatara, la noche se cerró. Envueltas en la preocupación, se abollaron en las incómodas sillas de la sala de espera para tratar de descansar hasta que las dejaran ver a Eugenia.

Laura y Cecilia amanecieron doloridas, pero ninguna se quejó, sus mentes sopesaron el dolor que en esos momentos estaría sintiendo Eugenia. Tuvieron que insistir ante más de dos enfermeras para que las dejaran entrar aunque no fuera horario de visitas, que comenzaba recién a las dos de la tarde. Cuando lo lograron, se quedaron paradas a los pies de la cama de Eugenia, inmóviles. Nadie le había arreglado el pelo, que era una maraña en la almohada; tenía puntos en la ceja izquierda y ambos ojos amoratados, de color violeta oscuro. La mano derecha la tenía enyesada y la doctora les advirtió que no la abrazaran muy fuerte porque tres de sus costillas estaban quebradas. Sin duda las escuchó entrar, porque hizo un esfuerzo para abrir los ojos. Cecilia sintió que las lágrimas le marchaban desde los ojos al cuello sin poder evitarlo.

—Le dije que basta— susurró Eugenia con voz de ultratumba, lo dijo porque sentía que les debía una explicación.

—Está bien, amiga, ya tendremos tiempo para hablar— la consoló Laura adelantándose para tomarle la mano que tenía libre del yeso.

—Ya lo denuncié, anoche en el procedimiento— explicó agitada por tanto esfuerzo al hablar.

—Qué bien Euge, ahora descansá— respondió Laura, con sincero orgullo, sabiendo que esa aclaración era para ella.

Cecilia acomodó una silla al lado de su madre, dispuesta a ocuparla hasta que le dieran el alta. No hablaron, se reconciliaron en el silencio interminable de la pena, del dolor que nos hace empezar de nuevo y nos trae la conciencia de nuestro poder para torcer el destino.

CAPÍTULO 25

Cecilia camina de punta a punta del andén del terminal. Revisó la hora en su teléfono, el bus desde el pueblo debería haber llegado hace como quince minutos, pero esa catramina siempre se atrasa. Finalmente, las divisa. Dos mujeres salidas de otro tiempo, que han vuelto al siglo XXI movidas por ella. Parece que, en vez de venir en los Buses Chacho, venían en el Delorian de Volver al Futuro. La joven corre a su encuentro aliviada.

—¡Por Dios! ¡Cómo se atrasó el colectivo!

—Nena, agradecé que llegamos— concilia la tía Tuti.

—¡Sí! Dejá de quejarte y soltame que, si no me fumo un pucho ya, ¡exploto! — Alegó Charo que llevaba ya casi dos horas y media sin meterse nicotina al cuerpo.

—Mi mamá y Laura nos están esperando en el departamento, ahí nos juntamos con la Fanny y salimos.

—No puedo creer que salí del Ranchito— comenta para sí Charo mirando hacia todos lados la multitud citadina que la rodea, un cuadro que no veía hacía más de veinte años.

—Te va a encantar, ya vas a ver.— le anticipa entusiasmada Cecilia.

La puerta de ingreso del departamento de Eugenia, al

abrirse, dejaba en primer plano una serie de tres cuadros al estilo Pollok, con manchas rojas y negras. Ella había cortado trozos de la sábana en que descargara su ira hacía un tiempo y los había enmarcado, para no olvida, para que nunca más. Charo, que llegaba por primera vez, y Tuti, que no estaba al tanto de la nueva decoración, se electrizaron ante las obras que tenían su continuidad en los sillones. No, Eugenia tampoco quiso deshacerse de las manchas, era su vida y no la iba a ocultar más. Su cara aún delataba la última golpiza con dos moretones entre verde y amarillo, quedaba poco para que se borraran. Abrazos iban y abrazos venían, algunas lágrimas y presentaciones, Eugenia y Laura, que la acompañaba como fiel escudera, recibieron al resto de las mujeres entre abrazos y presentaciones.

—Miren chicas, hice este para la marcha de hoy— Eugenia había usado su pasión para la pintura y confeccionó dos pancartas de tamaño bastante considerable con las leyendas: NI UNA MENOS y VIVAS NOS QUEREMOS.

—Era hora Eugeñita— respondió cariñosamente Tuti atrayéndola hacia ella para darle otro abrazo.

Salieron las seis mujeres, Cecilia, Eugenia, Laura, Fanny, Charo y Tuti, del departamento cuchicheando en las escaleras, que esta vez eran como un camino de chispas saltarinas y tintineantes. Caminaron cuatro cuadras con el corazón que se les salía, excitadas por finalmente hacer algo por ellas mismas, por alzar la voz y decir que aquí estaban, que querían seguir vivas, que querían hacer lo que se les catara el culo, sin prejuicios, sin más miedo y sin ataduras sociales.

Las seis, del brazo unas con otras, formando una cadena indestructible se perdieron en la inmensa columna de pancartas, de pañuelos verdes, de pañuelos morados, de lienzos y pelos multicolor, de maletines y morrales, de vida y de fuerza. Los gritos de lucha se esparcían en la ciudad entera, como el sonido inconfundible de las hojas movidas por el viento que nos dicen aquí estamos, no estamos solas y somos fuertes como las ramas en las que nos mecemos, como el tronco que nos sostiene, las raíces que nos mantienen erguidas y la savia que nos hermana.

FIN